不妥协
世界就是
你的

Don't
Compromise

The World
Belongs to
You

夏橙
主编

作家出版社

图书在版编目（CIP）数据

不妥协，世界就是你的 / 夏橙主编. -- 北京：作家出版社，2015.12

ISBN 978-7-5063-8415-5

Ⅰ. ①不… Ⅱ. ①夏… Ⅲ. ①短篇小说 - 小说集 - 中国 - 当代 Ⅳ. ①I247.7

中国版本图书馆CIP数据核字（2015）第246975号

不妥协，世界就是你的

作　　者：夏　橙
责任编辑：周　茹
装帧设计：粉粉猫
出版发行：作家出版社
社　　址：北京农展馆南里10号　　**邮　　编：**100125
电话传真：86-10-65930756（出版发行部）
86-10-65004079（总编室）
86-10-65015116（邮购部）
E-mail：zuojia@zuojia.net.cn
http://www.haozuojia.com（作家在线）
印　　刷：北京凯达印务有限公司
成品尺寸：143×208
字　　数：161千
印　　张：8
版　　次：2015年12月第1版
印　　次：2015年12月第1次印刷
ISBN　978-7-5063-8415-5
定　　价：32.80元

目录

第一部分

孤独是你的必修课

第二部分

用自己的方式，活出想要的样子

第三部分

迷茫本就是青年该有的样子

第四部分

爱自己，世界转身来爱你

第五部分

世事如歌，总有一首适合你的

我从来找不到允许自己堕落和放弃的理由。

因为我的奋斗，

不需要任何理由，

我就是要奋斗。

致每一个因为这个世界感到迷茫，

因为这个世界差一点儿放弃自己的你！

第一部分

孤独是你的必修课

当一个人只有不再惧怕孤独的时候，
当一个人变得无比强大的时候，
才能最终收获幸福。

孤 独 是 你 的 必 修 课

卢思浩

生活不可能像你想象得那么好，但也不会像你想象得那么糟。我觉得人的脆弱和坚强都超乎自己的想象。有时，我可能脆弱得一句话就泪流满面，有时，也发现自己咬着牙走了很长的路。——莫泊桑

1

这样的一句话作为开头，看高木直子的《一个人住第五年》的时候还在国内，那时觉得那样的生活根本不可能发生在我身上，连吃饭都要人陪着的我无法忍受一个人吃饭的感觉。所以后来，有很长的一段时间里我都没能适应一个人吃饭，一个人旅行，现在想想其实也没什么，这个世界运转速度那么快，没有人会在意你是不是一个人。以至于后来一个朋友问我是不是也得了社交恐惧症，我笑笑，其实不是，只是自己慢慢地变得懒了，懒得去经营一份感情，至于朋友，有那么几个就足够了，有些人天天在一起，也不见得是朋友。

好像这样久了，倒是会忘记开始遇到的困难，渐渐地变成自己生活的旁观者，看着生活平静地流淌。都说人是慢慢成长的，其实不是，人是瞬间长大的，就像是突然间沉淀一般，突然不会谈恋爱了或者说不想谈恋爱了，一个人生活单一却也不会觉得无聊，即便很多时候还是会迷茫却也不会觉得烦躁了。

去年的今天，我在不一样的城市，背着不一样的书包，留着不一样的发型，走着不一样的路，想着不一样的事情，有着不一样的心思，爱着不一样的人。谁说改变需要十年呢？

2

身边的牛人倒是不少，像是神祇一样的存在，我也只是羡慕，想着反正自己也不会变成那样的人，直到有一天一个学长跟我聊起来，才知道原来他也有看不进去书的时候，也有写论文写到想撞墙的时候，我们都忘了他们是用怎么样的一个代价才换取来了这样的一个人生。他说，如果你想要去实现梦想，孤独是你的必修课。如果不能沉下心来，就没有办法去实现它，因为那绝对不是一件容易的事情，孤独能让你更坚强，你必须找到自己的生活节奏。

有一个朋友喜欢每天喝一点儿酒，看一部电影，然后准时睡觉；住在旁边的英国人神出鬼没，有的时候早上才睡，有的时候天刚黑就睡了；隔壁楼的一个男生每天天不亮就起来跑步，往往那个时候我才刚打算睡。

最近迷上一个人到处走，算不上旅行，只是周围的城市走一遭，倒也不会花上太多时间准备，提起包就走了。我不会带上相机，只是有兴致了拿出手机拍一拍，音乐倒是我走到哪里都不能丢的东西，只有音乐，能让看似漫长的等待变成曼妙的旅程，似乎自己跟整个世界都没有关系，只想当一片没有名字的云，徜徉在不知道名字的风景里。

正如上面说的，曾经无法想象一个人吃饭的感觉，同样的，我也不会去想象一个人去坐公交车是什么样的感觉。谁知道没过多久我就习惯了一个人坐车去学校，我离学校比较远，所以每次上车的时候还没有多少人，坐最后的几排。有的时候看着窗外发呆，什么都想却又不知道自己在想什么。

我们都会找到自己的生活节奏，然后沉溺其中无法自拔。

3

很长一段时间里我都没有去书店，觉得那种“每个星期读一本书”对于我来讲是太遥远的东西。直到有一天我陪朋友去书店，他是一个买书就不会停的人，我也就跟着买了几本。回到家里看微博又觉得心里空落落的，索性就拿起书来看，也是在那一天我才发现，其实每个星期看一本书没那么难，那天我一下子把书看完，才觉得这样子的生活是充实的。

要么读书，要么旅行，身体和灵魂，必须有一个在路上。

我告诉自己现实容不得你拖延，拖延只会让我变得更焦虑而已，所以，刚开始的时候我规定自己每天提早上床半小时，看上几十页书，很快就变成习惯了。有的时候我不得不感叹如果真的去做一件事情的话，那么这件事情没有那么难。当你真的想要做一件事情的时候，整个世界都会来协助你，就是这种感觉。

一个骑过川藏线的朋友说，只要出发，就能到达，你不出发，就哪里也去不了。如果你不能沉下心来，就什么也做不到。出发永远是最有意义的事，去做就是了。一本书买了不看只是几张纸，公开课下了不看也只是一堆数据，不去看就没有任何意义，反而徒增焦虑——行动力才是最关键的。

4

你也许也是这样，当你渴望找个人交谈的时候，你们却没有谈什么。于是发现有些事情是不能告诉别人的，有些事情是不必告诉别人的，有些事情是根本没有办法告诉别人的，而有些事情即使告诉了别人，你也会马上后悔。那么最好的办法就是静下来，真正能令自己平静的只有自己。

没有人能免得了孤独，与其逃避它不如面对它。孤独并不是一件那么糟糕的事情，与嘈杂相比，一个人生活倒显得自得得多，倒也可以变成一种享受。或许至少需要那么一段时间，几年或几个月，一个人生活，不然怎么能找到自己的节奏，知道自己想要什么。这是属于你自己的东西，是你的一部分，你听音乐时，坐地铁时，一个人走在马路上时，它就会流淌出来，让我觉得这个世界似乎在以另外一种形式存在着，我能够清晰地听到自己。

我们都生活在一个不那么如意的世界，当乌云密布我们就摇曳，但阳光总有一天会到来，等阳光照到你的时候，记得开出自己的花就行了，那个你与生俱来的梦想。有的时候梦想很远，有的时候梦想很近，但它总会实现的。我想一个人最好的样子就是平静一点儿，哪怕一个人生活，穿越一个又一个城市，走过一条又一条街道，仰望一片又一片天空，见证一次又一次别离。

即便世界与我为敌，只要心还透明，就能折射希望。

PS：附上最近几个月看的书单：

《走吧，张小砚》（有关旅行）

《你好，旧时光》（有关回忆）

《1Q84》《海边的卡夫卡》（村上春树就不用介绍了，最近似乎说喜欢村上会被觉得很俗，可是我依旧会看）

《挪威的森林》（听说出电影版了，一直没看）

《送你一颗子弹》（刘瑜）

《追风筝的人》（看完电影之后看的原著，书真的比电影更催泪）

《陪安东尼度过漫长岁月》《橙》《这些都是你给我的爱》

《偷书贼》（同样很感动）

《麦田的守望者》

《我就是要挑战这世界》（挺冷门的一本书）

《芒果街的小屋》

《一个人住第九年》《一个人住的每一天》（同样高木直子的）

《1984》

《明朝那些事儿（1—7）》

《怦然心动》（也是看完电影之后找的原著）

《黄金时代》

《百年孤独》

《致我们终将逝去的青春》《匆匆那年》（同类型的两本）

《牧羊少年奇幻之旅》（强推）

《一个人的好天气》（青山七惠）

《燕尾蝶》（岩井俊二）

《白夜行》（东野圭吾）

《那些年，我们一起追的女孩》（期待这个的电影版）

《在路上》

最后是一本我从很久以前就一直在看的书，每次看都会有不一样的感觉：《小王子》。

与你有关的人太多，所以还不如做一个你想要做的人，人生都太短暂，去疯去爱去孤单一场，真正能令自己平静的只有自己。人都是孤独的，孤独不可怕，可怕的是惧怕孤独。想要摘星星的孩子，孤独是我们的必修课，我不怕自己努力了不优秀，我只怕比我优秀的人比我更努力。

当你不再惧怕孤独，才会开始收获幸福

勺布斯

悲伤没有任何意义，我们始终都要独自前行。

人到了某个特定年纪，总会怀念过去的自己。走过的路，遇见的人，失去的感情，抚平的伤痛。

时常会想，时间可能拥有这个世界上最美好的跨度，那些当初看起来好像永远也没法跨越的沟壑，许多年后再行回想，却都像如履平地般走了过来。那样的平缓、顺畅，甚至让人忘了，在经历那些困境时，内心中是怎样的惊涛骇浪。

还好，总算是走了过来。无论以怎样的方式，至少在和他人谈起时，会轻描淡写地加上一句，哦，都是过去的事情了。

天姿曾经问我这样一个问题，你有没有做好孤独一生的准备？

当时我摇了摇头，认为这是件不可能的事。人怎么能忍受孤独呢，更何况是一生这样久远的时光。

于是，在很长一段时间里，我不停和朋友们在一起，忙着喝酒，忙着聚会，忙着和喜欢的姑娘谈恋爱，忙着失恋，又忙着用朋友和酒来治愈内心伤痛。我以为人生大致就是这样了，再难有什么样的改变。没有什么是永恒的，失去是人生里唯一的主题。

然而事实并非如此，因为那时候我还不明白。

2012 年夏天我第一次见到天姿，我们两个人从相识到相知，再到最后恋爱，中间经历了很长一段快乐的时光。

我们在凌晨三点钟起床，开车去了离那个城市并不遥远的海边等待日出。

我们在下雨的午后，安安静静坐在一家咖啡店靠窗的位置，各自翻着不同的书本。

我们还携手去过许多地方，两年过去再行回想，那些一起走过的路，看过的景依然历历在目。

有一次旅途，我们在山下旅馆暂住，第二天醒来的时候，我看到天姿就坐在窗边朝外望。山风吹进来有点儿凉，我走过去将她轻轻抱住，任由她被风吹起的乱发在身上吹拂。

过了一会儿，天姿忽然问我，你有没有做好孤独一生的准备？

我第一次遇见这样的问题，竟不知该说什么样的话才好。于是只好摇了摇头，就那样将她紧紧抱着。

我知道我是害怕失去，没有人不会害怕失去。事实上，那次之后，我和天姿之间的感情也很快走到尽头。

天姿说，她还没找到一个能让自己不再热爱孤独的人。她曾经以为我会是，后来才发现，事实并非如此。人总是难免孤独。

我问她，孤独到底是什么呢？

天姿告诉我，孤独就像路边的长凳，虽然一直在那里，却不是为了等待任何人。

时至今日，我仍然不知道她说得到底是错还是对。我用了很多时间来寻找生活中永恒的东西，但是最后我一无所获。

生活还在继续，岁月却永远也没法回头。我独自一人生活了很长一段时间，并非沉溺回忆，而是不知道该向哪里落下脚步，只好任由脚步停止。

我渐渐开始明白，在这个世界上，还是有一种被称之为永恒的东西存在的。逝去的业已逝去，未来尚未到来，我们永恒活在当下里。在当下回忆过去，也在当下为未来做出选择。悲伤没有任何意义，我们始终都要独自前行。

我终于明白天姿当初问我那句话的意义，一个人只有不再惧怕孤独的时候，才能最终收获幸福。

不再惧怕孤独，也就意味着不再惧怕失去。当一个人心灵变得无比强大的时候，生活总是会好过一点儿吧。

愿你在嘈杂的世界里
能够有一意孤行的勇气

蓑依

你真棒！你没有被别人打败，只有自己不败，没有人可以打倒你。

我的高中生活并不快乐。回头来想时，我把这种不快乐主要归结为自我柔软与外界环境坚硬的冲突。正值青春期的我，有少女的敏感和倔强，想要自己与众不同的同时，也幻想着得到大家的认同，所以即便是在面对我不喜欢的物理化学时，我也会付出百分之百的心血，哪怕只是在考试时多得了几分，也会在心里偷偷地给自己点个赞。可没想到的是到现在，我成为一个写作者的现在，当我回忆高中的白马时光时，我对高中关于文学，或者更具体地说是文学的倔强，却让我后背发凉，好想对现在的自己说一声：谢谢当初你的一意孤行。

我是一个不太记事的人，这样的性格有好处，可以很快地忘掉很多不愉快，当然也有一个坏处，就是有些伤害你的事情，一旦发生，你就不会忘记。在敏感多情的高中时代，就发生了这么两件在我现在看来还依旧定义为“伤害”的事件。

当时的语文课是按照小组合作来完成的，我所在的七人小组中，没有人自愿当组长，最后决定按照谁的成绩最好谁来做组长的方法，我“被迫”做了组长。有一次上课，老师让组长代表整个小组上讲台听写字词，在上去的五位组长中，有两位出现了有错别字的情况，其中之一就是我。书写错误的人要接受“惩罚”——当着同学的面演唱一首歌。这种“惩罚”对于喜欢唱歌或者说性格外向的人来说，可能会变成“奖励”，至少不会觉得尴尬。但是对于我这个不爱说话的人，从小五音不全、声音线条很粗的我来说，就是彻彻底底的惩罚，尤其在那种紧张的环境下——我做不到。可老师做到了，我不唱，她就不下课，等了十几分钟后，我实在不想耽误同学们的时间，所以就轻声哼唱了两句，那种在人群中的无力感再加上一些羞耻感，瞬间让我哽咽，怎么也唱不下去了，但语文老师依旧面无表情地站在讲台上说“继续唱，只有唱完一首歌才能继续上课”，我没有继续唱下去，我唱不下去！所以，整个教室鸦雀无声地等了我二十几分钟之后，下课铃响起，便下课了。我哭成泪人，但是没有一位同学敢出声，语文老师冷若冰霜地看着我，没有丝毫商量的余地，最后她留下一句话：“写份检讨交给我。”

说实话，到现在为止，我都不能理解我的语文老师的所作所为，我还是为那个当时的自己觉得感同身受。也就是从那个时候起，我特别讨厌上语文课，一看到语文老师和语文课本就头痛，虽然我咬牙坚持写完各种语文作业，但是我知道我只是在应付，我做不到认真，做不到丝毫的喜欢了，可我以前是个多么喜欢语文的孩子啊。

终于等到可以换语文老师的时候了，新的语文老师于我就是救赎，我想让他拉我一把，可是没想到的是，事情只会变得更糟。

我从小喜欢写文章，六岁时就写过长篇小说，所以同班级的人中，我觉得我的作文水平还是可以的，但一次次模拟试卷发下来的结果却是我几乎每次都是垫底的，很少超过 40 分。实在接受不了自己的成绩，也觉察不出自己的问题，于是，我鼓足勇气抱着学习的心态去找语文老师，希望他可以给我一些帮助。我把最近几次考试的作文试卷装订在一起，跑到办公室寻求老师的建议，没想到他拿到试卷后哈哈大笑说：“你这种问题真是病入膏肓了。你到现在还没有学会一套写作文的程式，白读了那么多年高中了，你的文章就值这些分，甚至这些分也有点儿多。”我内心早已愤怒，但是我还是平静地告诉自己“你是来想要得高分的，得到解决方法最重要”，我沉住气继续问道：“老师，能不能有一些办法让我的作文分数提高一些呢？”老师思考了很久的样子说：“依你的情况看，只能多背几篇模板试试了，高考的时候，如果能用上，就算你幸运；如果用不上也是应该。”好吧，如果这件事情到此结束也就好了。

但没想到等下节语文课时，一上课，他就讲我去问他作文的事情，我清楚地记得当时他是面带笑容这样说的：“许菲菲还来问我为什么每次作文成绩都不过 40 分？为什么得 40 分自己不知道吗？难道是老师改卷子有问题？字写得那么烂，技巧又掌握不好，给你 40 分就不错了。”那一刻，我真想站起来和他大吵一架，想问问他：“歪曲事实因果，你，语文老师，最在行了吧？”但是，我没有，只是再一次在语文课上以泪洗面。

幸好，我还有倔强，当我觉得语文老师再也不能给我帮助时，我就自己救自己，我对自己说：“如果因为你不喜欢语文老师，就把语文考差了，那你才是认输的表现，你一定要特别棒，才可能对得起那时痛哭流涕的自己！”以后的复习中，我就按照自己的思路来，尽可能无视老师给我的负面影响，最后高考语文成绩虽然不是非常好，但远比之前好很多。

命运的安排真是让人说不明白。大学时我被调剂到中文系，毕业后，我又出版了一本书，并且反响还不错。我真想拥抱一下那个高中时代除了一意孤行、一无所有的自己，对她说一声：你真棒！你没有被别人打败，只有自己不败，没有人可以打倒你。

某一天，一位电台主持人得知我是金牛座时，问我说：“你是很固执的人吗？”我坦然微笑，回应道：“我把这种‘固执’理解为倔强。”是的，就是因为倔强，因为对自己的坚持和保护，在这个价值观嘈杂的世界里，我还能听到自己的声音。

有一种成长，叫笑对孤独

黄竞天

小时候，谁都希望自己的将来是闪闪发光的。在成长中不动声色地从幼稚的梦里醒来，接受现实，习惯残酷。然后学会忍耐，毕竟到了最后，一切都要自己承担。

几年前的一个午后，我和长久未见的老友李金子见了一面。她在法国留学多年，我去巴黎旅行的时候，找机会拜访了她。她很称职地为我做了一整天的免费导游，到后来我俩的腿实在撑不下去了，就找了一间街边小馆，坐下来喝点东西，休息一下。因为不是饭点，饭馆里的客人不多。我们找了一个靠窗的座位坐了下来，向午后正在犯困的服务生点了些咖啡小食。

在我们的座位旁，坐着一对恋人。他俩都是典型的南欧人，但看上去已经人到中年。男士矮矮胖胖，长了一脸的大胡子，而女士身形丰满，皮肤被阳光晒出了不少雀斑。我们会注意到他们，完全是因为他们颇为夸张的声调和颇有戏剧性的动作。两人虽然已不年轻，但还是像刚谈恋爱的高中生一样时刻紧紧地依偎在一起，不断地亲吻、爱抚，深情程度仿佛一部最肉麻的言情剧。这让来自东方的我有些不舒服，奈何我们的位置正对着他们两人，我只好扭过头装作看窗外。

不知道是想要向女伴炫耀自己的学识，还是天生的热情好客，那对情侣中的男士竟然向我们搭起话来。

“你们是中国来的吗？”他问，“刚才听到你们说了中文。”

“是。”我和李金子点了点头。

在女伴崇拜的眼神下，男士开始说他曾经去过中国的好多城市，上海、北京、广州……虽然我只是礼貌性地点头客套，但他似乎越说越来劲，干脆搬着凳子就坐到了我们的桌旁，向我们讲起了他自己的人生。

他是一个西班牙人，到处做生意，跑了很多地方。他讲完自己的征途之后，又兴致勃勃地介绍起了他的女伴。

“这是朱丽亚，意大利人。她做木家具的贸易工作。我俩昨天一起参加了法国的木材展，是在那儿认识的。”

“你们昨天才认识？”我盯着他紧紧贴在她腰上的右手，有些不敢相信。

“是啊，有时候爱情来得就是这么突然，你说是吗？”那个名为朱丽亚的女伴情深款款地看着自己的爱郎。

“没办法，我们俩都只在法国待几天，所以我们的爱情也必须抓紧时间。”男士大笑了起来，“毕竟之后还是要回归家庭的，我们也不想让这段感情拖得太久影响我们的另一半啊。”

“你们还都有自己家庭？”我感到自己的眼睛都睁大了整整一倍，“那你们还在一起？”

“得享乐时要及时行乐嘛。”男士神情轻松，仿佛在说一场打发时间的扑克游戏。

可能是因为我接受不了，表情太过严肃，女士觉得气氛有些不对，就打了个哈哈，将自己的情郎拉回了他们自己原本的座位。

李金子悄悄地凑到我的耳朵边说：“别这么死脑筋，成年人了，也应该理解这些社会上的阴暗面了。不就是已婚男女搞外遇嘛，现在这个时代，还有多少人能够保证自己能够一辈子守身如玉。”

我转过头看了看李金子，她拍拍我的肩膀，好像在说这些都没有什么大不了的。

“你说得不无道理。”我问李金子，“但是，如果是高中时候的你，可能早已经冲上去把那个男人给胖揍一顿了吧？”

她一下子愣住了，涂着睫毛膏的双眼像是失去了神采一般，变得灰蒙蒙的。

高中时候，我和李金子还是同学。那个时候的她，还不会化妆和打扮，每天穿着校服扎着马尾，看上去很乖。

而这个乖乖女，在距离高考已经不到半年的某一天半夜给我打电话。

当时我已经睡熟，但是刺破空气的电话声还是将我从梦想里叫醒，同时尖刻的，还有她的哭声。

“我没有办法原谅他。”她哽咽着说，“他背叛了我和妈妈，他背叛了这个家。”

高中生李金子口中的“他”是她的爸爸。我在家长会上见过他，长得很高，起码有一米九，头都快要顶到教室的天花板了。听说她爸爸以前是在部队里当兵的，所以背板挺得笔直，走起路来虎虎生风。但就是这样令人特别羡慕的拉风老爸，有一天竟然传出了外遇的丑闻。

虽然我不知道具体的细节，不过我至今都忘不了在电话那头泣不成声的李金子。电话里的她，说自己永远也不会原谅父亲，即使他双膝跪地，跪倒在自己的妻女面前恳请她们的接纳和一次重新开始的机会。她无比憎恨男人对感情的背叛，而最信任的父亲，竟然这样轻易地就破坏了她的信任。她觉得，这种恨将会跟随她的一生。

李金子和我打完电话的第二天，她没有来上学。第三、四、五天，她还是没有来上学。她的课本和杂物就那样一丝不动地堆在她的桌子上积灰。直到有一天，老师告诉我们，李金子休学了，原因是压力过大产生的精神崩溃。不知道内情的老师以为病因是日渐逼近的高考，还特意嘱咐我们要注意劳逸结合。

当时是她的爸爸来学校收拾她的书本和物品的。我还记得，他默默地掸去书上厚厚的灰尘，再一本本地将它们放进一个棕色的布袋里。才几个月不见，这个曾经高大伟岸的男人就像是老了二十岁一样，走路驼着背，头发也变得花白。

当时大家正在人生最重要的独木桥上冲刺，所以李金子的事很快就被我们淡忘了。我只是听说休学后的她一直在精神科治疗，后来错过了高考，很早就出国留学了。

直到高中毕业几年后，我才又一次在法国见到她。

她化着淡妆，穿着当季潮流款的风衣，状态比我想象中要好多了。除了我提到高中的那一瞬间，她的神情有些恍惚，不过很快她又回过神来，有些尴尬地笑了笑。

她说其实现在看来，结果最惨的是她的爸爸："我那时候没日没夜地闹，很快爸爸就和妈妈离婚，搬出家里，一个人住在一间很小很小的房子里。他一直没有结婚，每个月赚的钱都送到我们这里来，自己常常吃泡面。现在的他不过五十多岁，但已经查出了严重的肝病。我两年前见过他一次，已经老得让我认不出来了。妈妈后来告诉我，本来她都准备原谅他，凑合着一起过。可是他却原谅不了自己，说一辈子都对不起女儿，对不起我妈。他这后半生，都在自我惩罚。”

“现在想想挺后悔的。”李金子的眼睛里荡漾着泪光，“早知道在那个时候，我就不那么为难他了。”

我拍拍李金子的肩膀想要安慰她，但她摆摆手、擦了擦眼睛，很快又恢复了平静的样子。

“没事，都已经过去了。”她说。

她从口袋里掏出一包烟，蓝色的万宝龙。她点烟的手势很熟练，打火机啪嗒一声，烟草噌地亮起，一股烟味从空气里传来。

“你开始抽烟了？”我问。

“很早就开始了。”她吸了口烟，“只不过最近有些烦心事，所以抽得有点儿多。”

“什么事？”我问。

“闹分手……和男朋友。”她熟练地掸了掸烟灰。她和我提到过自己的男友，她刚来法国就认识了他，到现在应该也有几年了。

“怎么了？”

她又吸了一口烟，这口烟很长，吸得她皱起了眉头。

“认识他的时候，我刚来法国，什么都不会，什么都没有。走到街上想要买个面包都没有胆量开口，住的地方的房东又欺负我，不让我用厨房做菜，所以我每天只能靠自动贩卖机里的食物过活。

“我的男朋友，他是我法语班的同班同学，看到我每天的午餐只是吃些没有营养的巧克力棒，就问我为什么不好好吃一顿。他教我怎么在食堂点餐，怎么找到街头那些便宜又好吃的餐厅，还常常叫我到他住的地方一起做饭。他对我真的很好，我也很感激他，所以很快就成了他的女朋友。他自己一个人住，我就搬去和他住在一起。那个时候真的很安心，感觉终于找到一个能够照顾我的人。

“但是渐渐的，我发现我们完全是不同世界的人。他是个有钱人，家里条件很好，送他出来读书不是为了学历，只是因为钱多到用不完而已。他几乎不学习，每天玩，所以即使比我大了几岁却还是和我学一样的等级。他的世界里没有努力两个字，只有 party，享乐，酒精，消费。和他在一起之后，我学会了抽烟、学会了喝酒，也学会如何打扮自己，如何没心没肺地活。

“其实这根本不是我，我一点儿也不喜欢自己现在的样子。我也不喜欢他半夜三更还不回家，也不喜欢他每天喝得醉醺醺的样子，更不喜欢他的手机里和各种各样轻浮的女人的亲密合影。刚开始的时候我还会和他吵架，但他会骂我吃他的住他的，根本没有资格去管他的个人生活。”

“那，后来呢？”我问。

“后来？”她苦笑了一声，“后来我就看开了。我没有再说过他一次，也没有再干涉过他的生活方式。我装作看不见他手机里的暧昧短信，装作闻不到他衣服上香水的味道。当他醉醺醺地躺在我身边的时候，我就听着他的鼾声安慰自己，不管他玩得多凶，他最终还是会回到我身边的。那一个个夜里，我常常想，就这么过吧，只要他在我身边，那就过一天算一天。

“直到这个月初，他突然一声不响地回国了。他经常这样不留一句话就离开，一走就是好几天，所以我也见怪不怪。在他回来的那天，我还记得他很安静地坐在沙发上。我问他‘回来了，饿不饿，要不要做点东西给你吃’，他说不要。他让我在他旁边坐下，握住我的手，对我说‘分手吧’。

“原来他这次回国，父母已经给他安排了相亲，对方是一个和他门当户对的女孩子，一样的有钱，一样的骄纵。他这次回法国收拾行李，过几天就回国结婚、继承家业，以后都不会再来了。

“他说他爱我，但是像他这种人，婚姻永远都不是一件可以自己决定的事。我看到他哭了，那是他第一次在我面前哭，眼泪吧嗒吧嗒的，很像个糖果被人抢走的小孩儿。

“我对他说，‘没关系，我理解，我们分手吧。’那天晚上我们抱在一起，他哭累了，就在我怀里睡着了。我在他熟睡的时候，一声不响地收拾好了自己的行李，在天亮前就搬了出去。我没有地方去，就拖着箱子在公园里坐着。第二天早上天亮了之后，才敢去敲好朋友的门求她收留我几天。”

“你没有闹？”我听着觉得气不过，“他怎么说和别人结婚就和别人结婚，太不负责任了吧？”

“有什么可闹的，我已经失去了，再闹也不是我的。”她抽完了一支烟，轻轻地将烟屁股在烟灰缸里按熄，“我知道我们没有未来，他的家庭永远都不会接受我这种条件的女孩儿。我从来没有期待过什么，因为我知道总有一天他会走，只是没想到这一天来得这么快而已。”

我张张嘴想要说些什么，却什么都没有说出口。正在这个时候，她的手机突然响了。

她看了看来电显示，对我说：“不好意思，这个电话我得接。”我点头说没有问题。

在接电话前，她使劲地干咳了一下，让被刚才那支烟熏哑的嗓音变得稍稍顺滑了一些。接着她按下了绿色的接听键，将手机放在耳边。

“妈。”她用一种带着笑意的口吻对着电话那头说了起来，“嗯，我挺好的。你不要担心。

“我在外面喝咖啡，你呢，吃了吗？怎么又吃面条呀，不是和你说了吗，自己做些有营养的东西。上次回国给你带的欧洲橄榄油特别好，你别不舍得用哪。”

“男朋友？”她的语气变得有些犹豫，不过很快又笑了起来，“你别瞎操心啦。他对我很好，我们从来不吵架的。你不要担心，他在生活上很照顾我的，我们这里一切都好。

“嗯，我会照顾好自己的，你也要照顾好自己。吃饭要好好吃，别瞎凑合。”

……

李金子正在用力微笑着，她的眼角折出了几道和年龄不符的深纹。她用听上去毫无烦恼的声音对着电话那头，向身处国内的妈妈不动声色地撒谎。她熟练地把自己的伤口和眼泪藏起来，一句句的“我很好”听着让人格外安心。此刻的她，虽然笑着，但却让我觉得她特别孤单、特别悲凉。

若是问李金子，她肯定不会承认的。她像骗她妈妈一样骗所有人，包括她自己。然而我知道，这只是她不得不承受的成长的痛苦。而她所隐藏的一切孤单和疼痛，都只能由她一个人扛。

我看着李金子，突然想到了日本导演中岛哲也。他的电影里充满了人生的悲剧和残酷，但那些最悲剧的人物总是被烘托以最鲜亮色彩和最欢快的歌曲。他能够用单纯明媚的微笑描述背叛和抛弃、死亡和谋杀，用色彩纷呈的游乐园讲述被整个世界都抛弃的女人的一生。在他的电影里，最打动人心的是一种深入灵魂的孤独感。这是一种热闹的孤独，是知道了所有的残酷，但还要在用尽全力去微笑的孤独。

我把中岛哲也的电影推荐给打完越洋电话的李金子看。那天下午，我们借着街边咖啡馆时断时续的网络，用手机看完了一整部《被嫌弃的松子的一生》。

“他们都说女主角挺惨的，一辈子都在被人抛弃，最后还横尸街头。”看完电影的时候，我感叹地说。

“小时候，谁都希望自己的将来是闪闪发光的。但是等到长大了，发现自己不仅没有实现任何一个梦想，还深陷沼泽而不可自救。”李金子重复着电影里的台词。

“成长不就是这么一回事嘛，从幼稚的梦里醒来，接受现实，习惯残酷。然后学会不动声色地忍耐，毕竟到了最后，一切都要自己承担。”

“什么都一个人扛下来，你不会觉得孤独吗？”我问。

“可是这才是成长的常态，不是吗？”她答。

不孤独的独居者

周冲

也许你单独度日，却永不孤独。

忘了是哪一个午后，一个未曾谋面的人慕名来访。我以为是熟稔的朋友，于是不假思索，咣当打开门。

一张陌生的尴尬地笑着的脸。

我又惊又惶，也不知道怎么才好。

其时我正穿着拖沓的长裙，绾着乱兮兮的髻，邋遢之极。再看看屋子，也同样的潦草狼狈——满地纸屑和脏衣服，床铺未叠，几副胸罩正吊在半空的铁线上，一如一串突兀尴尬的省略号，对女主人的生活做着无语的概述。

我向来喜欢在文字里粉饰黑白，事物在我的笔下面目全非，往往与真相相去甚远。我知道，许多读者都容易被我语言所欺骗，把我想象成一个近乎完美的人。曾经有人给我写来长信："如你这般的女子，我不敢想象是活在世上的！"

我乐于享受由这种错觉所致的快感，于是愈加变本加厉。

这场"入侵"将一切击溃。我惊惶地看到某些不能见人的情景被陡然翻出，黯淡的，肮脏的，猛然击碎了那些文字构建起来的虚弱光环。

那个下午，我手足僵硬，头脑空白。因为对自己的灰心，我对这场会见了无兴致。自暴自弃着，没请坐，也没沏茶，甚至不笑。他在我的屋子里站了片刻，草草聊了几句便告辞。我一直想，他大概也是失望透了的。

关上门，我颓然站在镜子前审视自己：呆木冷漠的脸上赫然映着两弯黑眼圈，眉毛粗疏，嘴唇干裂，灰白得如同皱纸，整个人只能用四个字形容：不堪入目。

一种强烈的懊恼把我扼住，我几乎要把那个来访者给恨上了。

从那次起，我开始审视自己的独居生活，这不审便罢，一审惊人：我觉得自己的确是邋遢至极，被子经年不叠，衣服堆至两三周方洗，不化妆，不敷面，不去美容院，不健身，不约会，不见人。除了上课，天天窝在书中和电脑前度日，枯槁得跟片落叶似的，愈来愈丑，愈来愈不像个人。

我开始内心斟酌是否要改变，以防类似的惨剧再次发生。

然而最终放弃。对于一个十天半月都不会有一个电话短信，社交圈几近于荒芜的人来说，天天把自己拾掇得珠光宝气像要走红毯一般，更是一种冷笑话。

于是继续随性而活，给眼睛和内心更多的时间。

所居住的房间是一个单身教师宿舍，内外两间，带厨卫，大虽大，但简陋非常，水泥地，窗栅栏生着锈，玻璃缺着角，家具只有床和桌子，都掉了漆。校长说："条件不好，年轻人多吃点苦。"

我迭声道着谢，说足够了，足够了。

对于一个刚从集体宿舍脱离出来的人来说，能摆脱一帮人挤在卫生间洗澡排泄，生殖器官公开化、隐私透明化，而有一个隐秘的私人空间，已经是福分。

周围是几户合家居住的同事，带着妻小，他们在饭点的时候总能制造出夸张的炒菜声和油烟味儿，滋滋哧哧，叮叮咣咣，在我真是一种芬芳的折磨。我的灶台一年到头难得有热闹的时刻，若有，也只是面条与水的单调双人舞，踩着扑扑扑的滚水声，机械地反复扭腰摆臀，直到扭得疲软无力。

母亲有一天来看我，走到厨房，打开米罐，惊异地大叫起来："你怎么活过来的？"她怎么也想不明白那里头的几斤米从开学到现在居然颗粒无失。我慌里慌张地解释，不吃饭，但是有别的速食品可以维持生命的，比方水果，比方糕点，比方饮料。但她仍是担心，以为我过得不好，泪光挣扎着，炒了几个我酷爱的菜，放在一个老式的铝饭盒带来给我，像当初上学时一样。

其实，我自己倒是丝毫不觉得苦。

曾经看《张爱玲传》，说她两天只吃一个烧饼，晚年时只以牛奶鸡蛋为食，食量之小，几乎可以忽略不计。我向来对她盲目崇拜，一行一动都视为楷模，导致有段时间里，我立志让自己不食人间烟火，只以好空气为食，肠胃清贫，仙风道骨。然而这样过了一段日子，食欲就连本带息地索债。晚上做梦，红烧肉、清蒸鱼、啤酒鸭、白切鸡、糖醋排骨、家乡豆腐、韭菜炒蛋、紫菜汤，在我眼前像满汉全席一样摆开，迢迢遥遥，浩浩荡荡，导致我被一嘴巴口水弄醒，再也无法入眠。

但人因为懒，总不愿意大张旗鼓地去为自己准备盛宴，只有关注邻近的速食品。水豆腐是每天清早八点叫卖，油炸和煎饼摊儿黄昏时会在校门口摆上一两小时，馒头车每天午后两点五十分时会经过一趟——这是我最喜欢的食品，每当那带着河南腔的“馒头，馒头”的招徕声响起，我便箭一般冲出去，攥着零钱在路边遥遥而望。

到后来，卖馒头的渐渐形成条件反射，每到我的窗前便放慢步子，引颈而望，等着我毫无悬念地破门而出。

隔壁的老教师在后院堆了一大堆红薯，有一天讨了一个来，去皮，削片，在锅内烹煮，煮得一屋子的红薯香。把锅子搬到房间来，边吮吸着香味，边写下一些字词，因为这点“情景烘托”，写下的东西竟都声色俱全，通篇都是“圆满”“幸福”“吉祥”“花好月圆”等关键词汇。

透过11月的光亮看出去，远处是幕阜山，高耸的主体泛着青色与棕色，这是一尊无可动摇，浑身披着苔藓的老神灵，是艾地儿孙们的精神收容所。我时常与它进行目光的交合，获得视觉的轻松与内心的平静。

大多时间里，我都是像只冬眠的蛇一样蜷伏于这个阴暗的屋子，冥想，看书，或者看电影，听音乐，不与人交流。这样的故步自封越久，我越感到言语的多余与无趣。上帝造人时让所有五官双双对对，却让嘴巴孤独，未免不是一种警诫。

任何一个独居者都知道，生活中的最大挑战便是孤独。一般情况下，我都能与它和平共处，但当它蛮横到肆无忌惮时，我往往会用四件事来抵御——上网、读书、写作或者远行。

电脑是让我受益最大的科技产物，我倚赖它，如同幼年时倚赖父母。最经常做的事情是烧好一大壶茶，放在手边，间或还有一个苹果或者一个梨，然后在椅子上一坐就是半天，眼睛与电脑屏幕热恋着，相看两不厌，不知春夏与秋冬。

朋友来看我的时候曾说过，你其实是比我当年有福的，因为有网络在帮助你走出无人之境。

的确，我并不孤独，只不过没有玩伴而已。如此想来，我曾经为自己量身定做的一个词语——孤独，倒成一种荒唐的噱头，像招牌，像广告一样，欲图借此获得来自外界的怜悯与关注，甚至成了一种变相的申明：我是单身，我在等待。

但倘若困守过久，深觉倦怠与颓废，还是会去走走。

远方，这个词汇包含了太多可能与未知，成了诗句中最经典的意象，成了青春期最大的诱惑，甚至成了一种生命价值的证明——走遍三山五岳，阅人无数，便足以谓之活过。年少时看三毛、安妮宝贝、北岛的书，总是羡慕他们的潇洒，不为格式所累，旅居各地，真是一种云端之上的生活。

这是我一直渴望的生活：羁旅四方，用脚行走，用眼睛观察，和心脏爱与记录，然后过完一生。

但梦想与现实终究没有万能的通道，仿佛天与地，各自为营，只在一脉地平线上点头示意。因为没有时间，更因为没有钱，我行走的半径受限于百里之内。

但也足矣，若非咫尺之内，都可以称得上是风景。有次去扬州，走在铺着沥青的干爽小路上，天是阴的，新鲜的绿色让我的眼睛十分安逸，路边的枞树林间有松鼠在跳跃。我悄悄走近，细心观察它们，不说一句话。它们在我眼前率性而为，美好到恣意。我竟至于不敢呼吸。

不过，独行时的风景太美，往往也成一种纯洁而残忍的杀戮。就像江美琪的歌，“可是亲爱的，你怎么不在我身边……”一念至此，优雅的风景便成为滂沱的汪洋，淹没一个独行的旅人。

在我越来越老，心脏越来越脆弱的时候，我已经渐渐丧失了独自旅行的勇气。

再况且，每次出门，行李的打点也是恼人的。拥挤的大箱子装满衣裳、吹风机、洗面奶、护肤霜，缺少一样都不行。有一次去九江，两天的行程，还是提了一个小箱子，朋友见了我说：“你要出国吗？”

我恼羞不已，但又无可奈何。毕竟我是自卑的，不借助服装的鼓励，实在不敢见人。房间里三个箱子堆满衣服，虽然都是旧的，但它们繁多的色彩还是带给我一种隐幽的安全感。

衣服，毕竟是最忠诚的一种亲近。

有一次开班会，让学生们对我提意见，有个孩子忸怩半天，终于说话："老师，你每天穿的衣服都不一样！"

我的脸霍地红了。曾经看过一种关于教育的理论，说教师不能穿得太新鲜，否则孩子们容易分散对课堂的注意力。我本以为他是因为这个原因而提出反对，可没想到孩子真正缘由并不如此。

他继续讷讷着说："老师，你能不能少买点衣服！"

我惊异而感动。一直以来，我都把他们看作一种小不点儿，简单，弱小，像个单细胞生物一样无知，可没想到他们居然会换位，替成人担忧生活的细节。

一个周末的早上，正是秋天，我正在睡懒觉，忽然有人敲门。我心里一惊，不会又是一个陌生的来访者吧？蹑手蹑脚跑到门缝里一看，是几个踊踊跃跃的小脑袋，在那里叫着：老师，我们带你去玩。

我们去拜访附近的村庄和山野，在清澈的水流边野炊，一边唱着歌，咏着诗。一个女孩儿抱来大丛桂花，笑盈盈地递到我怀里："送给最爱的周老师！"

回来后，它们在一个透明水杯里继续生长和绽放，香味安慰了我整整一个秋天。

不知道从哪天开始，这个房间里的老鼠便多了起来，垃圾桶里的苹果蒂往往在第二天移形换位，出现在灶台、洗手间、箱底，甚至书桌上。我曾想过买些老鼠药来毒死它们，但这种高危品早被禁售，也曾想过鼠夹、鼠粘，但也缺乏购物渠道而放弃。

万般无奈，只得向人求助：有猫赠否？如是再三，这要求也未曾得到落实。

不过，后来渐渐想明白了，由它去吧，我毕竟能在夜晚，还可听闻另一种生命、另外一些存在的声音，窸窸窣窣，窸窸窣窣。它们在喧闹并繁华的时空里息声，不为众人所闻。只有在这种寂然的时刻，才试图与我对话。

就像一种近在咫尺的隐喻：也许你单独度日，却永不孤独。

第二部分

用自己的方式，活出想要的样子

不轻易放弃，

保持一颗好奇心，

将生活过得越来越丰富，

将狭隘的人生越走越宽。

我从来不信这世间会无路可走

伊心

既然逃无可逃，就一起死磕到底。总会有一条路能带我们走向最想去的地方吧。

昨天和H聊天，她开心地告诉我："我们住进新房子啦！"发过来的图片上，书房照片墙里有我们宿舍的合照，窗台上一排绿植在明媚阳光下青翠好看。

大学时，H的床铺在我的对面。她不止一次地跟我说："我一定要在毕业后两年之内让我爸妈住上新房子。"我一直以为她只是说说而已，因为刚入职的普通本科毕业生两年的工资相比于新房首付，简直是杯水车薪吧。

没想到两年后，她竟真的完成了自己的承诺。

H的父亲在她初中时得了脑梗塞瘫痪在床，花了很多钱治疗，她母亲没有工作，原本便是低保户的家境更加雪上加霜。家庭突遭变故后，她一个星期没上学，回去之后才知道班主任召集全班同学给她捐了款。正好隔天开家长会，H上台发言，说了很多个谢谢，然后把那些钱全都退了回去。我不知道当时年仅15岁的她说了些什么话，只知她说完之后台下很多大人落了泪。

H说，从那之后她没再花过父母的钱。她从重点中学转学到了普通中学，因为那所学校不仅不收她学费还发了足够她生活的奖学金。上大学她申请了助学贷款，并且无时无刻不在打工，从每小时三十元的家教到自己做各种各样的小生意。当然了，做这些也没耽误她当学生会副主席，是全院六百多个学生人人钦佩的“厉害的人”。

她简直做任何事都任劳任怨，毕业前夕学院里举办毕业晚会，她熬了好几个通宵剪接视频，一点儿一点儿地做字幕。视频播放时那么多人感动得流泪，她也坐在台下安静地看，但知道她辛劳的却没几个人，她也不会说。

我和她住在一起这么久，眼看她过得如此拼命和辛苦，却从未听过她一句怨言。她只是偶尔会说：“其实我也羡慕你们能无忧无虑地长大啊，但是没办法，我有责任。”所以她大学四年，不仅没向父母要过一分钱生活费，还每年过年交给他们几千块。工作之后在房地产公司上班，每逢开盘便加班累到团团转。为了早点攒够钱买房子，她跟我描述的生活是“一分钱掰成三半花”。如今她的工资节节高升，但仍然穿最朴素、最便宜的衣服，却攒钱给爸妈买最好的东西。

今年五一，我们小聚，我讲起我最喜欢的电影《百万美元宝贝》里的一段。热爱拳击的女主角拿到了艰苦比赛获奖的高额奖金，没有给自己买任何礼物，而是给妈妈买了新房子。没想到站在开阔明亮的新客厅里，她妈妈环视四周，气急败坏地说：“你知不知道有了房子我就拿不到政府的低保补助了！”她拿着钥匙的手颤抖了几下，原本期待欣喜的表情从黯淡褪变成绝望。

我跟H说：“我看这一段的时候总是想起你，当然了，后半段不符合。”H大笑：“后半段也符合，有了新房子我们家现在也拿不到低保补助了，除非我从户口本上独立出去，因为房产证是我的名字啊，哈哈……”

她一定不知道，在我苍白贫瘠的生活背后，因为她，因为她爽朗的笑声和弱小但蕴藏着巨大能量的背影，我竟凭空多了不知多少勇气。

在《我比谁都相信努力奋斗的意义》那篇日记中，我写了自己的另一个大学舍友，和 H 一样又坚强又磊落。实际上，我还有好几个舍友，一个是春夏秋冬四季都每天五点半起床或锻炼或学习、在院队连续三年获得校女篮冠军的勤奋小姐，还有一个是自学日语一年通过了二级、在上海过得金光闪闪的灿烂女孩儿。而在我如今的研究生女同学里，有人是一站到底某一期的站神，有人拿到了第一年年薪二十万的 offer，有人开了自己的公司，有人 25 岁便博士毕业。

没有名校光环，没有倾城容貌，也没有可以只手遮天的父亲，她们在自己选择的道路上踽踽独行，一步一步前往那个最想去的终点。在芸芸众生中，她们都是那么普通的人，但却用尽全力活出了最好的自己。

我在她们身边度过了成年之后最重要的时光。看着她们实习时起早贪黑、在寒冬大雪的公交车站下瑟瑟发抖；看着她们写论文时殚精竭虑、在浩如烟海的文献中一步一步攀爬；看着她们工作后兢兢业业，在偌大的城市里找到微弱但温暖的光芒。

我不喜欢某一次聚餐，几个同事评论某行女客户经理“付出了很多”终于成为支行副行长。一派烟雾缭绕中，他们读书时的意气风发一点点消失殆尽，目光炯炯也被难以掩饰的啤酒肚代替。他们讪笑着，交换着怀疑和嘲弄的眼神说：“不知‘多’到什么程度。”而只有我悲哀地在心底发出感叹，不管传言是真是假，为何男生破格晋升掌声一片，而女生便要承受流言蜚语和质疑指责。

相比起来，我更欣赏身边的这些女孩儿们对校园、对职场、对生活的态度。她们在“剩女”被津津乐道的世界里坚持着宁缺毋滥的法则，毕业经年仍然保持着清澈的眼眸；她们在女博士被称为“第三性”的时代里守护着做学问的纯良，对枯燥无味、没有尽头的学术生活保持着最初的热情。她们似乎天生具备一种独特的韧性，在荆棘遍地的大环境里既不呼天抢地，也不故步自封，积极适应着种种残酷的法则，然后在孤独又狭窄的夹缝里倔强地成长着，直至幼弱的蓓蕾终于绽放出幽芳的香气。

我也不喜欢一个老气横秋的同学每每带着怨气絮叨：“这个世界坏掉了……”相比起来，我更喜欢陈文茜郑重其事地坦言：“在我成长的岁月中，日子不是一天比一天匮乏，反倒是一天比一天有希望，这是我们那一代人的幸福。”她并非盲目蔽塞，她只是看到在这片广袤的土地上，“忧患与安逸，悲剧与欢乐，永远并存。”

前几天看书，财经作者吴晓波面对一名大学生对于大学教育的失望与不满，他说：“办法其实只有两个，一是逃离，坚决地逃离；二是抗争，妥协地抗争。”他在复旦大学读新闻系时，将数千篇新闻稿件肢解分析，一点点学习新闻写作的方法。因为老师说知识每一秒钟都在日新月异，所以他将自己关进图书馆，一排一排地读书。从一楼读到二楼，再从二楼读到三楼，最后读到珍本库。如今他说：“当我走上社会成为一名职业记者的时候，我一点儿也不抱怨我所受的大学教育。到今天，我同样不抱怨我所在的喧嚣时代。我知道我逃无可逃，只能跟自己死磕。”

而我也愿意相信，无论酷暑隆冬，无论受难与否，日日都是好日。在我们至短至暂的生命里，希望并非聊胜于无的东西。它是所有生活的庸饶日常。改用廖一梅在《恋爱的犀牛》中的一段话：它是温暖的手套，冰冷的啤酒，带着阳光气息的衬衫。它支撑着我们日复一日的梦想，让如此平凡甚至平庸的我们，升到朴素生活的上空，飞向一种更辉煌和壮丽的人生。

既然逃无可逃，就一起死磕到底。

我想，总会有一条路能带我们走向最想去的地方吧。

你平凡又普通，但最终却没有变得一无是处

里则林

我常常静下心来，就会回忆起你。

我常常静下心来，就会回忆起你。

你在一个个陌生的城市里成长起来，多半时间都在与陌生打交道。于是你开始学着换上一副嬉皮笑脸的样子。只是你时常不能掩饰自己沉默寡言的天性。

你不知道从什么时候开始，变得很想证明自己。但时常却事与愿违，你经常有证明到自己很失败，并且还会换来一个来自父母“叫你不听我们话”的眼神。

那时，你是贫瘠的。你却总想当着那些你以之为镜的人努力证明自己。比如你爸爸。

那年，你爸爸时常让你觉得他在你面前高傲不可一世。你既羡慕又鄙夷。你常能从语气里感受到他对你的失望。

你却坚持每天逃课游走于大街小巷。你也学着高傲和不可一世。却没有办法从本质上掩饰你的贫瘠。你在家长们看来一无是处。当大家的父母都劝自己的孩子不要与你为伍时，你却在劝他们的孩子不要学吸烟。因为你从来没有办法骗过自己。你并不愿意成为一个一无是处的人。

你常常在书店看一整天的书，回家当父母问起你是不是去了网吧时，你不予否认。你觉得凡事与他们事与愿违就有一种自己为自己做主的暗爽。

最终，你得到了严厉的惩罚，被送到一个远远的地方，一个人上高中。孤独成了你的好朋友。过节时，你坐在宿舍看着同学们一个一个高高兴兴收拾行李回家，直到只剩你一个人，你竟然哭了。当你一个人坐在草坪下，看着远处的人庆祝中秋，你居然幻想天上的月亮能反射出远方亲人的脸。

你想起了一年里和你说话不超过五句的爸爸。你拿出一沓信纸，涂涂改改，终于写出一封信来。你满怀焦虑地投进邮箱。承认曾经的叛逆让自己走了很多弯路，也终于承认曾经证明自己的方式是幼稚无知的。最后你收到爸爸的回信。那年你回家，才给了爸爸一个相隔好多年的拥抱。

高考那年，爸爸拍着你肩膀说，儿子回来的时候就是大学生了。爸爸那久违的期盼眼神，让你终于不得不面对你一直逃避的问题。你每年都在嘴上学着愤青怒骂高考制度，却仅仅只是为了掩饰大学对那时的你，是那么可望而不可即。

直到你看到《意林》上，一篇关于马云高考的文章，叫《永不放弃》。你很感动，你小心翼翼地撕下来，直到今天仍然珍藏在你钱包里。你终于第一次坦诚地面对自己，其实你渴望父母再为你欣慰一次，就像小时候你拿着各种第一名回家那样。

那年每天夜里和你为伍的从电脑游戏变成了深夜挂在天上的星星和月亮。你夜里背书，白天听课。像一个书呆子那样疲倦地看着老师。老师曾对你说，你能上专科已经是奇迹。但最后你上了本科。

那天起，你开始明白，坚持会让很多东西变得有意义。

那之后没多久，你正经地写下第一篇文章，是写给十年后的自己，写满了你的梦想和对未来的幻想，却换来留言板的一片嘲笑。你差点儿就放弃了。于是你赶紧翻出钱包，又看了一遍《永不放弃》。

当然也因此长了点智商，明白梦想如果还只是梦想的时候，最好别说出来。留在心底保护好它，别让它受打击，别让它丢失，它才能坚定不移地陪着你前行。

后来你在网站上第一次被主编过稿，你激动得彻夜难眠。你第一次被人约稿，你兴奋地看着私信良久。你特别珍惜那次机会，写稿子写到凌晨，之后和编辑一起改了又改，最后才有了那篇《重庆，重庆》。

后来别人继续找你约稿，你又一次写到凌晨，很不幸中途电脑蓝屏，你发现你写的都不见了。你整理了一下心情，重新再写，太阳升起来的时候，你完成了稿子。虽然最终没过。

你开始感谢成长中的起起落落，没有一直太温室，荣誉和挫折像你的影子，一直随形，你早就知道你不会一直幸运，也不会一直倒霉。

你曾经的心灵一贫如洗，却一路捡着自己的感悟小心翼翼地将它们保存起来。基本尝尽叛逆时因各种无知带来的苦水，却将它们默默化作甘甜，浇灌在渐行渐远的每一个昨天。

终于有一天，我能高兴地对你说，再见了，曾经那个贫瘠的少年。感谢你的贫瘠，才让我感到需要上下而求索，需求奋起而追求，需要珍藏每一个足以温暖和激励你的瞬间和细节。

如今我时常会想起你，仿佛还能看到你向我一路走来时：跌跌撞撞，满身泥污，孤独且常被误解，而你却没有像小时候一样，干脆坐在地上不走了，你抬起脏手擦了擦脸，仍然对世界微笑。你平凡又普通，但最终却没有变得一无是处。

永远热泪盈眶，永远心怀希望

周冲

只要活着，泪水就无法干涸，如同情感无法干涸，希望无法干涸一样。

我的鼻子小，伶仃地扣在脸颊中间，像一双大煞亲友颜面而被潦草下葬的殉情者的墓。小时候我的父亲看着我说："鼻子小的人，都是小气的。"我不服气，抬头挺胸，革命女烈士般慷慨陈词："人不可貌相。"然而很不幸，父亲的话竟成谶言。

我父亲所说的小气，不是吝于钱财，而是性格过于怯懦优柔。说得文气些，是多愁善感，小情小绪。

从小到大，我都不善交友，独来独往，像朵游离于空的灰云。友情这个词汇在我的人生字典里总是得不到详细而生动的注释，我对它的陌生程度与对男厕所内幕的了解情形不相上下。不过，有一位朋友始终亲近忠诚，它在我任何苦难的时候招之即来，彼此相依相惜，不离不弃。

它的名字是——眼泪。

疼痛时哭，快乐时哭，忧伤时哭，幸福时哭，恐惧时哭，悲欢离合时哭，盛情盛意时哭，大起大落时哭，花开花谢时哭——泪水在很大程度上成为我最柔软的后盾，它以一种曲径通幽的方式给予我安全感，并侧面提醒我生命的多情、清醒与百折不挠。

能哭的，毕竟是活着的。

然而，在来自种种途径的教育里，清刚大度，淡化恩仇是为君子尺码，沉溺自身情绪则如陷入光明的背里，耻于启人。曾有相当长的一段时间里，我讳疾忌医地不愿意去正视自己过于旺盛的情感及泪腺。然而，事实毕竟是纸后的火。在无数次的藏匿失败后，我终于接受事实，任泪水恣意横行，铺满我生命的每一个篇章——这些丰盛的眼睛分泌液，一如生生不息的营养水，将某些细柔之物培植得莽莽榛榛，莺飞草长。

年幼的时候，我笨拙，木讷，却又敏感，时常被同伴们排挤出游戏的队列，独自一人站在阴暗的房间里，扶着生锈的窗栅栏向她们无限羡慕地观望。我幻想自己轻俏伶俐，口绽莲花。所有人都喜欢我，和我说话，和我嬉戏，我不再独伫一隅，不再被欢乐排挤出局。然而，幻想并未给我带来丝毫改变，它存在的唯一用途，只是更加衬托出现实的窘迫与难堪。在童年这场富含象征性的时光序幕里，我以一个灰暗的形象亮相，未老先衰，踽踽独行。

有一回傍晚散学，西边的山峦上正燃着一丛火烧云，棕榈树与梧桐树的大叶子咬着一线灿烂的金边，在酷热未息的风里摇来摇去。一如轻巧的绿扇子，努力地折腾凉意，摇啊摇啊，扇沿镶着的黄流苏一漾一漾地荡。

班里的女孩儿们仿佛被放出笼子的蚂蚱，蹦跳着来到校侧的小地坪，扔下书包，在一方用粉笔画出的白格子内跳房子。我自然是没有参加的，一如往常，独自默默地往家走。穿过小地坪边沿的小路时，我低头踢着一块小石头，一边看着自己瘦削的身影在合欢树影下慢慢挪移——它带着易碎的危机感，宛若干焦的落叶般脆薄。夕阳里，几只蝉叫得正欢，迟谢的桐花从树梢坠落，一如被扔下的擦过伤口的白纸。

“你来吗？”一个女孩儿清亮的声音。我猛然抬起头，仿佛受了震颤，不敢相信自己的耳朵。不知怎的，喉咙忽然哽塞，泪水糊满双眼，什么话也说不出来。于是木桩般怔在那里，既不说好，也不说不好。我知道，我此时的模样一定十分呆滞蠢笨，令人生嫌。她们果然失了兴趣，睨睨眼睛，撇撇嘴：“真木！不要她来了！”

我获得终审判决，落荒而逃，可是，奇怪地，内心竟然十分平静，泪水也缩回了眼眶。仿佛刚刚做了一次不切实际的飞越，现在总算落回了属于自己的泥土。

后来渐渐长大，虽然也一直没有朋友，但已经学会不再因为此类事情而患得患失。然而，每种境状之内，都会有不同的苦闷。痛苦总与生命相生相息。只要知觉清醒，就能清楚地体味到它的百般滋味。

我家右邻有一个妇人，叫筱红。白，肥胖，体重大概过二百。常看到她在院落里洗罢衣裳，从小板凳上起来时，总是先挺起肚子，再狠狠一抻，人往上一拔，方将整个身子立起来。村里人若说起肥人，总是拿她做示例。比方：少吃点吧，别长得跟筱红一样。

但筱红泼辣暴烈，村子里无人敢惹。她老公是个登徒子，勾搭了一个村里的女人，在暗里搞得乐不思蜀。纸毕竟包不住火，事儿终有一天被筱红知晓了，她把袖子一撸，噔噔噔跑到厨房操起一把菜刀，气势汹汹赶到那女人的家去。听村里人说，那女人好可怜，被筱红掴了几个大嘴巴都不敢吱声，家具也被打得稀烂。男人晚上回家，自然生气，扬言要离婚。没想到筱红就地一滚，像一条受了刺激而在泥里剧烈蠕动的白蛆般在地坪上满地翻爬，哭天抢地，时而拿头撞墙，时而跑到杂物间去拿农药，时而蹿到后院的井口跃跃欲试，慌得大家胆战心惊，慌忙用双手在她身上找准一处晃荡的脂肪堆扣住，一边掉头劝她的丈夫回心转意。丈夫受不了这样变相的示威，只好暂时收回了离婚的念头。

筱红有两个孩子，一儿一女，都胖，活脱脱是她的再版，性格也强横。有一回，八岁的妹妹受了她女儿的欺侮，哭哭啼啼，告诉我。我气愤不已，领着妹妹就去找那女孩儿评理。那肥妞板着一张脸，对我们的指责不但无愧，反而冷嘲热讽。正僵持着，筱红来了。我眼看着她庞大的身躯渐渐逼近，内心忽然惧怕到极点，竟然哇的一声大哭起来。

她走过来问我们怎么回事，我从哭声中挤出声音来述说原委，声音短促激烈，像自己受了天大冤屈。筱红没有耐心听我鸡零狗碎地哭诉，在得知她的孩子没受欺侮后，挥挥手把我们赶散了。当周围的一切都静止下来，我一个人在那个小石桥边呆呆地站着，高过人头的木槿篱笆覆下大片阴影，在阴沟边大堆的垃圾和我湿浸浸的脸上缓缓游移。

后来，我离开家乡，去异地念书。父亲在临行前对我说：你这样的孩子，只有靠读书出头，否则，就一无是处了。我明白父亲的言外之意，我处理现实的能力过差，只有于书中寻找容身之所。

不知道为什么，这句话形如咒语，我年幼时期的懵懂忽然间透进光明。从此，我不再浑噩地和尚撞钟，不再沉溺幻想，而是夜以继日，把父亲的话当成信仰般奉行。天道毕竟是酬勤的，我的成绩在那半年里突飞猛进，第一年期中考试，总分竟然在全校遥遥领先，跃居魁首。

发奖状的那天是一个晚秋的午后，天气很好，全校师生都坐在板凳上，看着主席台上就着一只简陋粗糙的麦克风声嘶力竭的校长。几个固定的会议环节之后，就是发奖状。我屏住呼吸，倾听着喇叭里播送的获奖学生的名字："黄晓颖，汪周平，余志刚……"一个又一个名字过去了，我的心越跳越快，怎么还没到我呢？是不是没我的份儿了？我几乎能感觉到自己的脉搏随着名字的增加而愈来愈弱，喧哗的操场已经渐渐离我而去，我正在堕入深谷。直到两分钟以后，教导主任从夹带着韭菜屑的牙缝里逼出最后一个名字"周冲"时，我浑身一震，幸福像群蚁般蜂拥挤来，噬咬着我的骨骼与神经。我已经忘记了那个领奖过程的情景，只记得我一直无法自已，周身抖动，连戴着大红花站在照相机前时都不能镇静，以至于那张荣耀煊赫的合影里，我面目模糊。

奖状发下来后，我犯了难，不知如何安顿它。放在抽屉里怕压坏了，放在包里怕卷皱了，摊在桌上怕弄脏了。我如同生下了一个漂亮的婴孩，幸福，甜蜜，却又忐忑不安。后来，我终于想出好法子，把课桌里的书搬了大部分到桌面上，在抽屉内给奖状赢得了空旷的所在。只是可怜我的老师们在那个星期中，难以看到我那颗书山后面的脑袋，误以为我无心恋学，旷课出去捉小鸟了。

周五在我的企盼中终于来临了。一放学，我提着书包走在那忽然变得美好的田埂上。我没有和同学同行，因为这样微薄的大喜是该背着人的。到了家，父母正在灶间忙活，当我唤出他们，把奖状呈出的时候，他们的眼睛被这张溜平而煊赫的八开硬纸瞬间映亮。我清楚地看到悭苛的生活所积压在他们脸上的灰色苦楚渐融渐解，直到被喜悦完全替代。

那天晚上，母亲捣了一碗糯米糊，父亲仔细地把它们抹在奖状上，谨小慎微，像打磨一个人间罕见的艺术品一般。涂完后，他咯噔拉亮那盏十五支光的电灯，踮着脚，把奖状贴在堂屋正中的白墙上。我注意到，贴奖状的那个位置从前是贴财神爷神像的，现在为了我，父亲连神也不要了。

晚饭时，他们欣喜着，以一种前所未有的温柔语调询问我校内生活，老师怎么样啊，同学相处好不好啊，饭吃得如何，寝室里睡得香不香，然后在他们的生活经验之上过滤出他们觉得最适合我的道理，给我的学习与生活以粗糙朴实的嘱托。看着他们微笑着的脸，我的内心忽然涌出一阵暖流，在脏器之间四向漫延，最后尽数从眼眶溢出。母亲在酱黑的饭桌前担忧地看着我深埋着的脸庞，问我是不是不舒服，我摇摇头，泪水再也无法掩饰，肆无忌惮地流满了一脸。我哽咽着说：爸，妈，我会得更多奖状回来的！

果然，从此我的奖状层出不穷，贴满整个堂屋的北面墙壁。在这些花哨的纸页面前，他们和我一样，找到了维系生活的希望。我们一起咬着牙齿，走过了无数个艰苦的日日夜夜，战胜一个个或大或小的困难。后来，我升学，毕业，工作，日子一帆风顺，光明健康。我们都曾以为，我这一生也许就将落地生根，提前结局，找一个平凡踏实的男人，结婚，生子，买房，确定好一生的格式与位置，然后，余下日子用以重复。

可是，我到底让所有人失望了。

2003年的早春，一个男人闯入我的生活，我完全丧失理智地随他而行，恣意，轰烈。然而，这是一场不宜见人的恋情。上千个日子，我躲在密闭的房间里写日记，痛哭，自残。只要一个心念，立马就有一场昏天暗地的泪雨，直至哭得内脏绞痛。我不敢听曲子，不敢看煽情的文字，不敢思想，泪腺敏感丰盛到令我害怕。

那时节的冬天总是太过漫长，我穿一件灰色长风衣，裹灰蓝围巾，长发散乱，如同一个移动的悲剧，在小镇苍茫的矮房中穿行，留下一缕缕浓重的灰色气息。夜深了，白昼的喧嚣均已平静，我在孤灯前排列属性过悲的诗文，让自己的心脏与神经又一次纠结于自设的痛苦折磨。“把爱摆上祭坛 / 神啊，请随便享用 / 倘若不够，带上你的刀叉，到我的伤口再次剜取……”这种假想的情感献身如同施咒般令我奋不顾身，蛊惑着我青春期的全部心念。

父亲在一个夜晚赶来，把还在床上熟睡的我狠揍一顿。在他如雨的拳脚之中，我既不呻吟，也不哭泣，麻木得像他正在打的是另外一个躯体。我在心底喃喃吟着一句：爱情总是需要付出代价的！可是，当第二天早晨打开门，看到父亲蜷在我的房门口，脸孔青黑，眼睛红肿（他怕我想不开，竟然悄悄地守候了我一夜），我仿佛大梦乍醒，剧烈的疼痛由内而外涌上来，冲垮了头脑中的顽垢陈疾，理智与本性开始复苏、液化，瞬间淹没那张黯然的青春脸孔。

后来，我走出那段噩梦般的日子，离开小镇，去往新的生活。不再沉溺往事，不再为旧事而神伤，健康明亮，像任何一个青春无畏的女子一般生活。有善意者劝慰我："答应我，从此以后，不要再哭了！"然而我发现，我无法应允他的请求。因为，只要活着，泪水就无法干涸，如同情感无法干涸，希望无法干涸一样。

听一曲好音乐，看一处好风景，依然会泣泣然；看到电影中的恋人历经艰险团圆时，我比剧中人还激动；有人背弃诺言，我仍会哀声痛哭；苍老的母亲在路口远远地向我走来，我的迎接就是一脸的泪水……

面对不同人事，只要触及内心，总有新鲜而真实的情感在皮肤之下风生水起。我甚至可以矫情地说，每一场泪水的诞生都令我仿佛重生，尘俗中的冷漠龌龊总在这盐分过高的液体中尽数消融，丧失殆尽，仿佛经过圣浴。然后，心脏与肢体重又水分充足，鲜活坚定，继续前行。

我知道你终将闪耀

伊心

在被庸碌现实俘虏之前，在被琐碎生活招安之前，你终将闪耀，如日光投射辽阔原野，如流星之于无垠天际。

桑雨是她的网名，我们相识于一个叫作“五道口落榜群”的QQ群。

五道口是原中国人民银行金融研究院的别称，现为清华大学五道口学院，一度被誉为金融学考研的巅峰。考研成绩出来之后，不知道是谁建了这个群，但我们在群里热火朝天地聊天时，都暂时忘记了落榜的痛苦。

后来，我们一起去参加另一个学校的调剂复试，我才见到了现实中的她。她是典型的南方女孩儿，外表娇弱，声音很轻，但我一直记得她倔强的眼眸和一针见血的谈吐，也记得我问她为什么要考五道口时，她只回答了八个字：“犯其至难，图其至远。”

那时候,考上五道口的人里有很多是二战甚至三战。我是第一次考,但她已经是第二年考了，我们俩一样差四分到复试线。想必她也和我一样，听到的言论多是：“啊，只差一点儿，明年肯定就考上了！”

可就算“只差一点儿”，我也没有勇气再考一年。她也有些纠结，因为她如果再考一年就是三战了。在这场最没有硝烟又孤军奋战的战役中，没人能为你担保“明年就能考上”，更没人帮你分担那些黑漆漆的夜里睁大着眼睛寻找希望的孤寂，和因为孤注一掷、背水一战而承担的莫大的压力。何况女孩儿的青春原本就转瞬即逝，为一个学校赌上三年的时光，家人的担忧、朋友的劝阻、连同自己的怀疑都像是一条难以蹚过的冰河，步步艰难，无可逾越。

可我只听她轻描淡写地说起她二战时独自在校外租房复习的种种。我挺佩服她的，不说别的，就每天十四五个小时的复习强度，这已经超越了多少考研人。南方没有暖气的冬天，她独自一人在出租房里抱着热水袋看书做题，那么荒凉贫瘠的环境里，她心里全是温热的希望。

调剂复试之后，我被录取了。数番波折，百般纠结，我放弃了为五道口二战的想法，而她，还是毅然回去准备了三战。

后来我们没再联系过。我开始了研究生生活，她又翻开了那些数学复习全书、英语单词红宝书和不知看过多少遍的专业课笔记。整整一年里，她的 QQ 签名一直是阿兰·德波顿的那句话："我们在黑暗中掘地洞之余，一定要努力化眼泪为知识。"

一年的时光呼啸逝去，和已经过去的每一年一样不留痕迹。第二年的春天，朋友发给我一个链接，是五道口的最终录取名单。我一眼就看到她的名字赫然在列，初春的风透过窗子飘进来，让人无法抑制眼里的热泪。为着我所放弃的路途她举步维艰地走到了终点，再明艳的鲜花和再响亮的掌声都不够作为对她的嘉赏。我想象她一个人蹚过寒冷的冰河，遍尝孤独的滋味，在无人给予鼓励时用强大的内心力量源源不断地滋养着自己，终于走到了一个莺飞草长的春天。

三年的青春换一个梦想的入口，多少人问到底值不值，甚至有很多人称呼坚持数年考研的人为"考研病人"。可青春里的呼啸奔跑、颠沛流离，从没有多少对错和道理，"值得"二字可至轻也可至重，度量全在人心。我只是一早就知道，那个柔弱的她终将闪耀，如日光投射辽阔原野，如流星之于无垠天际。

这段时间整理新书的书稿，那些模糊的往事带着新鲜的潮湿卷土重来，我差点儿都忘了，我也曾为它们写过那么多的字。我觉得，就算走到很远很远的以后，我也再难写出比它们更坦荡赤诚、饱含热泪的字迹。因为它们所代表的坦荡赤诚、饱含热泪的岁月正一步一步和我告别，在我依依不舍地远离校园时光时。

时光倒回到一年前，我沉默地写着它们时，我在豆瓣还只有一百多个关注，并没有多少人看到。而实习单位却有几百个客户等着我一一拜访，他们都要忍受我在任务压力下不厌其烦、口干舌燥的营销。我早已不记得他们的脸，自己开口前的尴尬忐忑，以及那些少许热情多数冷漠的回应，只记得炙灼暑气下发烫的公车座椅，盛热正午餐厅里的小憩，还有因为手里濡湿的汗水而变得皱皱巴巴的产品单页。

所以实习结束的那一天，我终于得以从西裤换成西瓜红的小热裤，和小伙伴们笑着闹着走在路上，只看到天空由于秋意的初临而变得清朗高远，一大蓬又一大蓬软绵绵的云彩让人想要大声跳起来 say hi。我们都晒黑了、累瘦了，可奔向未来的脚步铿锵有声。

后来开始找工作，我经常拿出它们来看看。在北京的深秋晚高峰推推攘攘的地铁站里一条条地刷新招聘通知时，在天津的初冬穿着单薄西装大衣难以抵御突如其来的降温和大风时，在上海火车站候车大厅边等火车边看第二天要面试的企业简介时，那些字迹，在后来温暖无数个陌生人之前，首先无数次地温暖了我自己。在我不知何去何从时，它们提醒着我过去的自己曾有过的勇敢和无畏，一路奔跑的身影和终于迎来的赤色艳阳。那些字迹，一个又一个，都是跳跃滚烫的初心，在字里行间得以永久封印。

时间倒回到两年前，也是暑假，第一次看到《异类》里的一万小时天才理论，我在愿望清单里写了好多个愿望，其中一个是出版一本书。后来是马不停蹄地实习，和因为要考证总要在自习室里熬至深夜的场景。疲累又迷茫的日日夜夜里，反复叩问思索，期待着命运给我一次从容选择的机会。11月独自在宿舍写字，一推窗，白茫茫的新鲜雪地，仿佛大梦初醒一般让人心中一动。旧事纷纷如飘零落雪，只有想到自己一路奔跑、一直成长的路途才觉得凛凛寒风并不可畏，也只有自己才能将一个雨水温热、山川温柔的春天唤醒。

时间倒回到四年前，上千人在一个闷热的大教室里听考研数学课。我从第一排转身向后看，他们的神情竟出乎意料地相似。后来那样的神情我在拥挤燥热的企业宣讲会上看过，在水泄不通的招聘现场看过，在新公司入职培训的动员会上看过，在校园里手挽着手热烈地谈天说地的人群中看过。

我才知道，那神情，属于无数个年轻的你和我，属于贫瘠年华里对未来最恳切的热望，属于被现实打败之前耀目荣光的无畏青春。

有段时间，网上盛传一篇叫作“为什么要努力”的帖子。也有人问我，为什么要努力？我想，是因为人生有那么多就算你努力了也无法掌控的东西。比如你寤寐思服的那个人的心，比如父母渐渐老去的容颜，比如时间如流沙一般无可挽回的逝去。所以，对于那些努力了便能扎扎实实握在掌心的东西，为什么不珍惜，为什么不争取呢？

说到底，年轻时所有的你追我赶、冲锋陷阵，不过是为了兑换一场酣畅淋漓、了无遗憾的时光而已。让无数个看似庸碌平凡实则丰饶激荡的灵魂，在陷入回忆时能露出一抹温柔的笑意。

你一定和我一样，明白除了在寒风中裹紧衣领往前走，别无他法能带我们走向一个温柔明媚的春天。

而我也知道，在被庸碌现实俘虏之前，在被琐碎生活招安之前，你终将闪耀，如日光投射辽阔原野，如流星之于无垠天际。

年 轻 不 设 限

伊心

不轻易放弃，不轻易保持一颗好奇心，将生活过得越来越丰盛，将狭隘的人生越走越宽。

我最大的正能量源泉是一个肤白貌美的勤奋姑娘。她就读于北京某高校，两年制的金融学硕士，现在已经毕业，在某银行北京分行上班。在研一的这一年间，她做了如下事情：(1) 专业排名前 3%，关键是最让我头痛的高级微观经济学和高级计量经济学，她都考了 90+，其中一门甚至是 95+；(2) 考过了 CFA 的一级和二级，考过了 CPA 的五门；(3) 学习之余她还从从容容地实习着，两家公司都是全国排名靠前的券商。

去年冬天，在如此严峻的找工作形势下，她也不免磕磕绊绊，在家乡省会城市拿到了一个相对较好的 offer 之后，家人难免劝她："回来罢了，何必强留北京。"可她悄悄地跟朋友说："我不是非得留在北京不可，但是我在北京读研这一年多的收获，比我大学四年收获和都多，有时想想甚至比我前面二十几年的收获都多。这种成长的充盈感，让我舍不得放弃。”

如今她已经入职。刚刚工作时偶尔跟朋友絮叨，自己被分配到了某个不大景气的支行当柜员，疲惫到一开家门就要睡倒在床上。我眯着眼睛，想她考研时每天早晨六点准时起床，雷打不动枯坐十二个小时的侧影，想她如今白衫西服正襟危坐地收过一沓钞票，再熟练地操作。我觉得即便如她所说，那是一个不大景气的支行，我也仿佛看到她的未来，一定是光芒万丈。

看到这里，连我都误以为这是一个学霸故事。不过我上高中的妹妹立马跟我说：“我们学校今年的高考状元，以723分的总分荣膺省榜眼之后，对自己的成绩居然有各种不满，分数出来没几天就回学校上自习学英语了……这才叫学霸好不好！”

所以，我讲的并不是一个学霸故事。因为这个世界上永远有人比你用更短的时间复习，考出更高的分数。我只是想说，在相同的成长环境中，总有人因为清醒自知而走得更快更远。

可能在更优秀的人眼中，她的成绩简直是手到擒来。他们甚至不用视死如归地考试，便能顺利保研到名校，也不用拼尽全力地准备，便能拿到让众人羡慕嫉妒恨的 offer。但是三年前，她和我一样从大学毕业，之前的四年里，我们在一个教室里，听同样的课，写同样的作业，发同样的牢骚，做同样的试题。

三年之后的今天，我已经被她远远地甩在了后面，甚至只看到前面尘土飞扬，连人影都找寻不见了。那一片尘土背后，绝不仅仅是知识的匮乏和欠缺，我缺失的，还有迎难而上的勇气和挑战自我的追求。

以前不知是由于天生的惰性，还是恐慌挫败感，我习惯了给自己设各种各样的人生界限。譬如我就是不懂会计的记账思维，我就是不会期货市场上纷繁复杂的操作，我就是听不懂计量经济学的课……

越长大我甚至越学会了逃避，遇到不会的问题时总是用“反正以后也不会从事这个工作”，或者“反正写论文也用不到那些理论推导”来安慰自己，找了名目繁多的理由避开那些知识体系里的硬伤。我也不知道未来的生活和工作中，会不会因为现在的懒惰和逃避栽跟头，但是现在，我总算明白了，即使不栽跟头，我也差了别人太多太多。

世界变得太快，别人都在一路飞奔，如果只有你止步不前，因为啰里啰唆的理由给自己找借口，逃避学习和积累，你不仅会被同龄人甩在后面，以后更会有大批大批的后来居上者超越你的水平。那时候再后悔，就真的晚了。

大一时我最敬重的一位老师曾在开会时说："你们这个年龄的学生和青年，都可以看作一颗成长中的树。如今对于你们来说至关重要的，不是关注那树枝有多繁盛，而是如何把根扎得更深。因为，只有根扎得更深更牢固，这棵树才能愈加挺拔茂盛。"

那时候听不进去，觉得这道理谁不懂呢。如今呐，就是这个最简单的道理，我六七年之后才明白。我想老师话语中隐含的意思是：年轻时绝不能为自己设限，当竭尽全力汲取知识，尽其所能尝试新事物与新体验，一点一滴地积累生而为人的经验与教训。唯有如此，才能扎下牢固和坚实的根基，吸收养分，挺拔成长。可回头看自己摇摇晃晃的脆弱的根须和营养不良的枝干，只觉得辜负了当年老师的殷切教诲。

上个月，我关注的一个公众微信号召集了一个活动，叫作"未来30天，每天都有新改变"，其中列举了很多个可以做出改变的事情，作为一个经常抱怨、满腹牢骚的人，我挑选了"每天不抱怨"这件小事。

一个月过去了，我惊讶地发现自己不仅保持了每天顺畅平静的心情，摆脱了经常困扰自己的焦虑，更为重要的是，对整个人生和未来的态度都变得积极了起来。

以前从未认真思考过自己“经常抱怨、满腹牢骚”的缺点带来的破坏性影响，后来才觉得也许生活中的焦虑、易于放弃、不自信等等负面情绪都源于此。

原来不仅仅是在知识结构和学习上，生活中我给自己的“设限”也无处不在。比如因为自己的身体比较僵硬，大学第一次上瑜伽课时，很多简单的动作做不了，但当时的瑜伽教练误以为我不愿意认真做，很严厉地训斥我：“你就不能认真地完成一个动作吗？！”

于是，直到现在，我都牢牢地记得当时的难堪和尴尬，不愿意再学瑜伽。别人一问起，我总自暴自弃地说：“我就是那种僵硬的身体，我就是做不了瑜伽。”其实认真想想，当时瑜伽教练可能只是随口说出的一句话，却让我耿耿于怀了好几年，就这样一直错过了通过瑜伽这项运动来改变自己身体素质的机会。借用一个朋友比较凌厉的骂法，就是：“别瞎叨叨了，你就是天天碎在地上粘不起来的玻璃心！”

如今，我不愿意再以身体僵硬为借口拒绝练习瑜伽，也不愿意再以身材不好为借口拒绝学习游泳，不愿意再以麻烦没时间为借口拒绝在出门前化个淡妆，也不愿意再以太远了天气不好为借口拒绝计划一场旅行。

以前总说一句话，青春如此宝贵，好像怎么度过都是浪掷。不知是要泡在图书馆自习室里，还是要阅读旅行去看波澜壮阔的世界。学霸们仍然被众人敬仰，辞职休学去旅行者也宣扬着他们的价值观，众说纷纭之外，其实大多数的我们是迷茫的，对安身立命的方式心存怀疑。于是才有了不断的探索，不断的推翻，最终找到自己的道路。

我也不知道未来的路该如何走，或者究竟怎样活着才是“不会后悔的”“正确”的一生，我只是想，不断地去尝试生活中的新事物，不轻易放弃，不轻易 say no，保持一颗好奇心，将生活过得越来越丰盛，将狭窄的人生越走越宽。

抛弃那些“我不行”“我不会”“我做不来”的精神细菌，去更广阔的人生里摸爬滚打吧！

第三部分

迷茫本就是青年该有的样子

不管是如何披星戴月的奔波，
我们都会开着一扇窗，
当迷失和难过时，
会看到点点星光，
指引我们继续前行。
只有你掌握了自己的人生，
那才是真正的自由。

不要向这个世界认输，因为你还有很牛的梦想

卢思浩

不管别人怎么想，你还是想做你想做的事情。虽然每一步都走得很慢，但我不会退缩或放弃。

今天突然找到了《少林足球》，打开豆瓣看到它的评分是刺眼的6.8，不知道为什么想起来《喜剧之王》里那句：我是一个演员，那个不肯放弃的小人物奋斗史。我算不上一个很优秀的人，只是一个小人物，在自己的青春里扮演着每天重复的生活，《少林足球》里同样是小人物的周星驰说：人如果没有了梦想，生命和一条咸鱼有什么区别。

然而如果不是今天我突然抽风整理我的硬盘，大概《少林足球》和星爷的这句话就一直沉寂在我的脑海里了。

曾经看过一篇日志说，你有没有想过一辈子都只是个小人物？我

的第一反应是，想过，怎么没想过。

只是那又怎么样呢？

我朋友曾经特别郑重其事地对我说："如果你拼了命地去追寻梦想，后来发现梦想根本就是遥不可及的东西，那不是一件特别糟糕特别绝望的事情么？"彼时我正经历着很苦 × 的日子，也只有他知道，也只有他会郑重其事地这么对我说，而不是来一句："没关系，都会好的。"

然而我也特别郑重其事地回答他："不会。"

然后我在日志里写：那些终极的梦想，其实是很难以实现的。但在你追逐梦想的时候，你会找到一个更好的自己，一个沉默努力充实安静的你自己。

我感觉喜欢上旅行的人，大多都偏执得让人难以理解，却又不愿意去解释自己。你说，为什么我们要去那些地方。因为人生需要一次旅行？因为要么旅行要么读书？

不，你之所以要去那些地方，是因为你想去那些地方；你之所以尽管在抱怨还是一早起来背单词，是因为你愿意；你之所以熬着夜不停地修改你的简历，是因为你想要做到最好。

就好比我之所以会把《灌篮高手》看了一遍又一遍，是因为这里有着最当初的自己；我之所以明明知道结局可能一如平常地烂却还是会去爱她，是因为我不想就这样错过。

我之所以会来到这个地方，来到离家八千多公里的另一个半球，是因为我想要爸妈为我骄傲，是因为我不甘心，是因为我还输得起，即使失败了还能站起来。

一如不管别人怎么看，你还是想做你想做的事情。

在整理稿子的时候，又一遍地看了自己的日志，那些好友可见，自己可见的日志里，有过失落想要放弃的那些句子，有过想要妥协挫败的自己，有那个写新书却三个小时没有憋出一个字泄气的自己，或许我一直都是钻牛角尖儿，自以为是地不想要放弃，或许我到头来也没有那种天亮就出发的果敢和勇气。

但现在的我会对当初那个动不动就会想要放弃的自己说一句：“还好，你没有放弃。”

诚然，也许奋斗了一辈子的屌丝也只是个屌丝，也许咸鱼翻身了不过是一个翻了面的咸鱼，但至少他们有做梦的自尊，而不是丢下一句努力无用心安理得地生活下去。

有的时候当你走得太远，你会忘记你为什么走在这条路上，你会开始变得执着于眼前的东西，焦急于眼前的困难，急躁于眼前的利益，于是你开始一而再、再而三地降低你自己的底线。你口口声声说要执行你自己的计划，可因为睡过了头就把计划一改再改；你口口声声说接受不了背叛，可事情发生到你身上的时候，你却开始纠结对方是不是只是一时冲动。

你总有千万种借口来降低你的底线，偏偏那些借口很面善，于是你渐渐地模糊了自己想要的，变成了一个自己不认识的自己。

只是，你知道，生活它从来不会因为你放弃理想而简单一点点。

如果励志的东西用完了，我就会重新制造那些积极的东西。如果我的选择开始停滞了，我就会一个人出走，独自看看这个世界。因为梦想是一条单行道，走上了就再不回头了。

一年半以前我写《要么滚回家去，要么就拼》的时候，对自己说过：

我想，一个人最好的样子就是平静一点儿，哪怕一个人生活，穿越一个又一个城市，走过一条又一条街道，仰望一片又一片天空，见证一次又一次别离。然后在别人质疑你的时候,你可以问心无愧地对自己说：虽然每一步都走得很慢，但是我不曾退缩过。

这句话同样给看到这里的你，和现在的我自己。

也许我的人生剧本已经写好，就是这样平凡地过一辈子，我也要给这个剧本带来一点儿波澜起伏，我现在手头除了所剩不多的青春以外，什么都没有，但是我知道我手头的这件东西，却能决定我变成一个什么样的人。

我是卢思浩,幼稚到无以复加,但我也走到现在了。我不好也不坏，我只是想不同。当我和这个世界不一样的时候，那就让我不一样好了。就算整个世界都要和我作对，我也要有赢下这个世界的决心。

你还留不留得住你年少轻狂的时候？你还留不留得住你自己的梦想？你还留不留得住你自己最疯狂的那个坚持？就算整个世界不相信你，你有没有那个决心坚持下去。

没错，这个世界它总是告诉你很多时候你喜欢的人不会喜欢你，往往他们甚至不在乎你。不是所有付出都是有结果的。

只是，如果我因为一点点的争议就感觉不安，如果我因为一点点的挫折就开始动摇，那只能说明我只是这样的一个弱爆的人而已。

所以，在认输之前，我绝不放过任何一个挑战世界的机会。

迷茫就是才华配不上梦想

蓑依

不要迷茫了，把当下的、手头的工作做到极致，前途肯定会一片明朗。请记得：如果需要反省，一定不是在梦想上下功夫，徘徊不定，而是要在才华上卧薪尝胆，反思它为什么不能日渐丰满。

因为写稿的关系，我认识了在杂志社做编辑的女生小陆，工作三年了，依旧时不时地被领导训到叫苦连天，每当这个时候，她都会发狠地说“再训我一次，我就跳槽”，又过去了一年多，不知被训了多少次，她还是没有辞职，仍然口口声声“机会一到，马上走人”。

某一天，我问她说：“如果你不做编辑了，你想好去做什么了吗？”她停顿好久回答：“如果我知道我能做什么，早就辞职了。我现在迷茫死了。”我试着问：“你没有什么特别想做的事情吗？比如说从小到大一直有的梦想。”她不好意思地说：“有啊，我想去做导游，不是国内的这种，而是带国际团的那种。”“挺好的啊，为什么不去试试呢？”

我问。她噘着嘴说："你知道的，我英语六级都没过，其他的语种一个单词都不会读，我连知道哪个国家有哪些景点都不知道，还怎么带别人呢？"我想也是啊，这个梦想虽然听上去光彩照人，但实现起来确实有难度。

好奇的我接着问："为什么最后选择了做编辑呢？"她蔫儿了一样，说："本科学的中文，又不想做老师、考公务员，自己比较喜欢而且相对来说容易找到工作的就是编辑了吧。当时来这个小杂志社时，信心满满，想着把它作为过渡，等到能力达到了，有了一定的工作年限，就跳槽去一个大点儿的杂志社。大学刚毕业时，我告诉自己：做一个好编辑就是我二十岁之后的梦想，但坚持到现在，我却觉得我一点儿不适合做编辑，社里来的新人都比我做得好，我作为老职工，却一直遭领导批评。我很纠结，我到底还能做什么？"

最近她把自己的心情换成了："迷茫死了，什么活在当下啊，如果连自己应该做什么都不知道，你怎么就能知道自己现在坚持的就是对的。"说实话，看到这句话的时候，我是挺心痛的。因为我也有过很深的迷茫，到现在也还会时不时地对自己所做的事情感到怀疑，但是我也知道，迷茫是生活的常态，很多时候，它只是才华配不上梦想而已。我们所能做的就是一点点给自己的才华养精蓄锐，在梦想的道路上，狂奔得更快一些，脚踩得更踏实一些。最可怕的不是我们行动得慢，或是才华增长得少，而是我们一直停留在一个静止的状态，每天都在抱怨和厌倦中度过，而从没有为更好的自己做出一点儿改变。

小陆就是如此。虽然她经常被领导批评，但是我几乎没有察觉到她在努力修正自己的错误，每次都是发心情，抱怨一通了事，下一次遇到这种问题，同样的错误还会照犯不误。记得有一次，我们合作一篇人物专访的稿件，我采访完，整理好之后发给她，她告诉我字数有点儿超了，我说："我正好在外地，不方便用电脑，你可以帮我删一下，或者你若是不着急用，就等我回去之后再改。"她没有回复，等我过了几天，打开电脑一看，那个稿件原封不动地躺在我的邮箱里，还附上了几句话："因为临近截稿日期了，我就把稿子直接发给主任了，主任说字数太多，又把我训斥了一顿。你看到稿件之后，一小时之内一定要删改好发给我啊，我们一定要尽快，否则我就完蛋了。"我当时就惊呆了，与其让这个稿子在邮箱里放上两天，你作为一个编辑删删改改难道就不行吗？编辑难道没有这个责任吗？两天的时间足够改好一篇稿子了吧？

后来，我又听其他的作者抱怨她说："有一次，忘记了写某个旅游达人第一次出国旅游的时间，其实在网上一查就可以查到，她却非得给我打电话，让我去查，那次，正好没能及时接到电话，她还生气了。”还有作者说：“我拿到样刊后，看到我的文章里有好几个错别字，虽然我有错在先，但是作为编辑帮作者改几个错别字难道不应该吗？”于是，我似乎知道了她为什么一直被领导训斥的原因，也明白了她为什么口口声声说自己迷茫的原因。

她不是被领导和其他人否定的，而是被自己否定的。既然你把做一个好编辑作为今后的梦想，那就应该从点滴开始，按照好编辑的要求来训练自己啊，可是她却没有，说白了，在工作这件事上，吊儿郎当，别说是同事不尊敬她，连作者有些讨厌她了。她所谓的迷茫，就是作为一个编辑的才华，还配不上她想作为一名好编辑的梦想。这怪不得别人，有好几年的时间，可以改变自己来实现梦想，但她却没有让自己的才华和能力，哪怕增长一点点，到最后，只能给自己一个迷茫的定位，艰难度日。

我曾经以为好多人的迷茫是因为没有梦想，但后来发现我错了，其实，每个人都是有梦想的，这个梦想可大可小，都是值得自己去奔赴的东西。我有一个表弟，从小到大就是不招人待见的“坏孩子”，打架骂人，凡是和坏有关的事情他都会去做。初中毕业后做了几年的厨师之后，突然转行去学习拳击，家里人都说他不务正业。有一次，我问他为什么会有学拳击的想法，他有些腼腆地说：“我从小就想当一个健身教练，上学的时候打架，觉得打得过人家，就说明自己力量大、身体棒，长大之后，才知道必须经过专业的训练才可以。我这种野路子出家的人，不知道可不可以，但我还是想试一试。”

才华也是，有大有小。有大才华的人连吃个东西都可以吃出学问来，而普通之人的才华大多数都是小才华，需要付出很多的汗水和辛劳才能取得那么一点点的进步。但即便如此，每天能处在一点点进步之中的人，绝不会迷茫，相反地，那些看不起或者无视小进步的人，才会真正地迷茫；那些对自己的才华不自知的人，才会真正地迷茫。

所以说，克服迷茫的方法，无外乎就是抓住现有的生活，狠狠地向前，努力让自己做得更好，而不是站在那里，仰望天空，抱怨未来的遥远。我想倘若小陆能够认真对待每一个稿件，即便她的起点很低，三五年的时间内，也足够完成一个华丽的转变，而不是像现在一样，如同刚刚大学毕业的学生一样，抱怨生活的艰难和工作的不适。

如果你有大才华，就去追求大梦想；如果你觉得自己的能力有限，才华也不够支撑起你的野心，那就安静下来，扎进小的失败和挫折中，汲取营养。如果不能成为豹子，那就成为一只漂亮高贵的梅花鹿也是好的，起码人见人爱。

不要迷茫了，把当下的、手头的工作做到极致，前途肯定会一片明朗。请记得：如果需要反省，一定不是在梦想上下功夫，徘徊不定，而是要在才华上卧薪尝胆，反思它为什么不能日渐丰满。

你迷茫，因为你终将成长

黄竞天

只有你掌握了自己的人生，那才是真正的自由。

问：

Emily，你好。不到万不得已，也不想打扰你。但我现在真的好无助，一点儿都没有动力，觉得一眼就能望到头的感觉太难受。我今年大三，下学期大四，专业不吃香，成绩还行，但基本靠考前突击。大三下学期以来，一直在准备考研，目标学校于我来说有些高攀，但也一直有另外保底的学校。但因为学校安排的一场超级水的考试，我错过了心仪的学校的考试，目前情况下只能够放弃。现在的情况，能够录取的学校我不想去，但心仪的学校又因为实力和考试安排的原因去不了。我有两个学姐免推去了很好的学校，但她们真的很厉害。

我属于性格比较懦弱的，想到自己将会在保底的学校，心里很不甘心，但又没有勇气真正放弃它。所以心里一直好烦，感觉就能预料以后的生活——考公务员，结婚，一点儿期待都没有。

自己本来就不是什么有目标的人，也没有什么兴趣点。21岁了，到现在还浑浑噩噩的，感觉都没什么太大的兴趣，不知道以后干什么好。如果可以，骂我两句也行，让我赶紧摆脱这种状态，谢谢你了。

答：

很多女孩儿都问过我相似的问题，关于前途，究竟是这所学校好，还是那所学校好；究竟是出国好，还是留在国内好；究竟是工作好，还是考研好。很抱歉，这些问题我没法给出答案，而且，如果因为我这毫不搭界的陌生人的一句话，就影响另一个人的人生选择的话，我也自觉担不起这个责任。

但其实我明白，你会留言给我，并不因为你想要我明确地给你一个答案，Apple or Banana，而是想要倾诉一下你的混乱和迷茫。这很正常，人人都有迷茫的时候，为了让自己不要纠结到发疯，我们转为咨询那些我们认为能够给予我们帮助的人，试图从他们的人生经历当中，找寻自己现实困惑的答案。

很多时候，这种方法是有效的，因为前人栽树，后人乘凉。然而，这种方法也会有它的缺陷，换句话来说，容易陷入“病急乱投医”的窘境当中。

为什么会出现这种情况？并不是因为对方不想帮你，甚至想要害你，而是他们不是你，无法体验你的人生，更加无法设身处地地从你的立场给你一个最优解。所以，你的问题，最后还是需要你自己去思考、去解决。而我，就在这里，给你提供一些解决问题的思路，仅做参考。

我猜，你一定是一个听话的好女孩儿，从小到大，一直是遵守纪律、尊敬长辈的乖乖女。因为太过听话，所以从来都是按照父母、长辈、老师的期待来活，所以到了关键时刻，身边也没有父母师长给你出主意，自己就迷茫了。我想，你现在已经发现了自己的问题，你所依赖的解答者，他们是没有办法永远陪在你的身边的，而且随着你的发展，他们会渐渐跟不上你的脚步。小学时解不出来的数学题，爸妈还能帮你，但研究生考试里的知识点，他们却已经听不懂了。

你明白了吗？从现在开始，你只能够靠自己了。也许你还在拿父母的学费和生活费，家庭的温暖让你觉得自己还是一个孩子，但你已经 21 岁了，在人生面前，要学会自己取舍、拿主意，想清楚究竟什么才是自己要的东西，然后再为之奋斗。

所以,请你给自己一点儿时间,好好地想一想,为什么你想要考研?是因为父母的期待,想要逃避就业?还是真的喜欢学术、喜欢研究?如果考上了,是否对你的将来真正有帮助(实际帮助,包括收入增加、就业机会增多等)?如果没考上,那你有没有后路可走?

如果你并不是真的喜欢学术研究,考研的欲望也并不是那么强烈的话,不如换一种思路,想一想别的方案,人生并不只有一种选择。当命运给我们关上一扇门的时候,只会哭泣的人是看不到它给我们开的那扇窗的。

我从来没有经历过考研,但我知道它不容易。但我的朋友当中有很多都遇到了与你相似的问题,学校选择、落榜、调剂……他们当中的大多数,在问题发生的当下都有着和你一样的困惑。他们有的选择了复读,有的选择了调剂,当然,心中肯定是带着不甘心和不情愿的,就像你现在的状态一样。但是,现在过了几年之后,我再去看他们的状态,他们早就有了新的烦恼,就业、伴侣、家庭……与社会的真实和残酷相比,当年象牙塔内考研的那点小挫折早就成了过眼云烟。我相信你也会遇到相同的问题。

事实上,有没有人告诉过你,就算你真正进入了最心仪的学校,最心仪的专业,你仍然会遇到问题。包括你在提问中提到的,你认为没有期待的生活，“考公务员，结婚”，在我看来，也不是什么一帆风顺的道路。如果你真的去问问那些基层公务员和新婚夫妇，有多少是真的毫不操心，天天快乐的？他们大多都在工作和生活的第一线累得要死，而且还要担忧收入、长辈、子女教育等等问题，而且每一个问题都是脖子上悬着的一把刀，一旦处理不好，直接关系的是能否继续生存下去。在体验了那些烦恼之后，你也许还会怀念现在考研的这种小忧愁。

但我能够理解，你为什么会对“考公务员、结婚”的生活有一种排斥。也许就像我上文的猜测一般，你一直活在长辈、父母的期待里，而“考公务员、结婚”的生活，也是他们给你设立和安排的一条安稳之路。你一直接受着这种安排，接受了二十一年，现在觉得走得不顺，心里就嘀咕，是不是这条路走错了，以及，赫然发现其实父母给安排的这条路，并不是自己真正想要的。没有什么比烦躁更加令人分心的东西了，因此这种负面情绪又极大地影响了你的应试状态，因此恶性循环。

问题已经摆在这里了，世界上也没有人比你更清楚其中的原因究竟是什么。你之所以还没有想出解决的办法，一是因为你还像小时候一样，等待他人安排你的人生；二是因为你还不愿意接受，从此以后你必须独立面对这个残酷世界的事实。

但你知道吗？以后的路，大多时间只有你一个人走了，所以趁现在，赶快想清楚自己要的究竟是什么样的生活。自己性格的软弱、别人的期待和安排都不是借口，更加不是憎恨生活的理由，但它们都不能够帮助你获得你想要的人生。

只有你掌握了自己的人生，那才是真正的自由。

愿你早日破茧成蝶，翱翔天际。

我用奔跑告诉你，我不回头

这么远那么近

不管是如何披星戴月的奔波，我们都会开着一扇窗，当迷失和难过时，会看到点点星光，指引我们继续前行，只有心里记下那些闪着光的纪念，才能一直走下去。

每个故事都会有尽头，就好像在车站总有分别的时候，当站在了终点无意中回望，发现一切都注定在离开的时刻。我们走过的路途，如出发时一样的孤独，我们经历的往事，如相遇时一样的少数。

总是会有很多情绪夹杂在其中，快乐，难过，遗憾，后悔，不舍，淡然，放手。这一切就如一道道的切口，把时光切出裂痕，再加入记忆的调味料，最后是人生的五味杂陈。

但我知道，我用时间换来的那些人事，用寻找争取来的那些时光，让我的人生有了这些体会，我走过的路，我遇到的人，最终都会以后的某个时刻，再次相逢。《百年孤独》里写得好：生命中曾经有过的所有灿烂，终究都需要用寂寞来偿还。

但是现在，我用奔跑告诉你，我不回头。

1

我重新回到北京，已经有一年时间了。

这一年里的时光过得尤其快，在经历了家中生活的停顿和安逸，我几乎用了之前三倍的速度来完成自我的回归和蜕变，而当我觉得又找回自我尘埃落定时，2013 年已经走到了尽头。时光依然荒诞而真实，这个世界依然光怪陆离，从我 2008 年离开北京前往上海，到 2012 年底重新回到这里，细算已经过去这么久了。

时间总是在不经意间就会给你一个惊喜或惊吓。当你觉得时间太慢，它就以几何倍数递增让你措手不及，当你觉得时间太快，它又以一分一秒都老老实实行进向你证明。但哪里会有忽快忽慢的时间，一切都源于自我那点可怜的感知罢了。

经历了这一年，我可能略微懂得，我真正在乎的并非是之前的那些种种，而是另外一个世界。那个世界里有着我最初对于生活的幻想，而当这份幻想被冠以“梦想”的名义，就开始模糊，甚至离谱儿。而当一切抽丝剥茧逐渐明朗后，我才了解到自己的心。

人处于当下时不会明白真正的自我，这是我在经历了诸多事情之后得到的经验。自己的感受很重要，但往往也是曲折体会，当经历了当下人事，过了许多时日之后，那些内心的想法才会渐渐清晰。

而我们的内心，就好像是一个红彤彤的苹果，放置了许久都不曾腐坏，别人以为是百毒不侵，却不曾知晓其实腐坏从内核开始，只是表面刷了一层又一层看似无恙的福尔马林。

你要明白，对于自我的了解，要比对于他人的了解困难很多。对于别人，你可以直接甚至残忍，而对于自己，却是睁一只眼闭一只眼，温柔刻意地回避。

2

我曾经经历了长时间的失眠，开着灯，睡不着，关了灯，想着事情，也睡不着。

睡不着的时候，我就看书，或者是看电影，总之不允许自己的思绪随意发挥。作为写作者，控制自己的思绪是一件非常困难和可怕的事情，因为写作本身就是情绪的最大化和私人化，如果一味控制，会让自我枯竭。

但是越长大，越明白自控力的重要性，如果不学会去控制自己和身边某些人事，就不可能成为更好的自己，就会永远活在狭隘的自我或困顿中。我希望可以通过写作放逐自我，而不是逐渐封闭，唯有见到真实的世界，才能留下只言片语，有了书写的必要。

而对于我们这些普通人，每一个细微的情绪里，都可能隐含一个故事，都有一段伤心的往事，或者错过的某个人，但这些情绪的挥发并没有实际作用，因为我们总会明白，那些曾经无数个强忍泪水独自舔舐伤口的瞬间，都抵不过翻越他们之后依然坚强的现在。

当我无数次迷失自我的时候，我都在漆黑的内心里寻找一点儿光亮，想要抓住它，紧紧地握住那份希望，一遍遍告诉自己要忍耐和坚持，我曾经看过一句话："如果你的眼前一片黑暗，不要害怕，那是因为你自己在发光。"

你要庆幸，你还能发现黑暗。如果你不知道世界是什么颜色，如果你身处混沌但却一无所知，如果你无法分辨身边的那些善意和歹运，如果你身处混沌但却一无所知，那才是真的自我沦陷。

这个世界上的事情，很难讲，你不知道别人的想法，不知道选择的对错，更大的得失，需要时间来告诉你，但在这之前，我们都被欲望蒙上了双眼摸着石头过河，谁能保证我们丢掉的就是石头，拿到的就是金子呢?

只有经历了无数的荒凉孤独，才能遇到属于自己的繁花似锦。

3

这一年,我经历了许多分分合合,这其中最难以接受和不想回忆的,便是姥爷的离世。

亲人的离开用残忍的话讲是我们的必经之路，我已经算幸运，在已接近而立之年才经历这样的事情。但我想没有一个人会为这样分别的做好准备。而当亲人肉体朽坏魂飞魄散时，命运才以这样残忍的方式告诉你：生命无非是你来我往，谁也不例外。

在姥爷离开的那段时日，思念会随着每日的按部就班轻易攻占，做某件事情就会突然停下来陷入不可抑制的回忆，然后不由自主流泪，但慢慢地就不会这样了。不是不再想念，而是明白这样的想念没有归途，我再怎么回忆往昔，都不可能回去；我再怎么悲伤，都无法留住已经逝去的生。我看不到摸不着，唯一可做的就是在梦里的一遍遍相遇，用思念作为借口折磨自己。

妈妈曾经对我说："不要再难过，姥爷不愿意看到这样，他一定想我们快乐地继续活下去。"于是我知道，生活依然要继续，我得继续学着过自己的生活。

有人能够陪伴我走过一段路已经是莫大的荣幸和安慰。没有人会永远陪伴自己，你都有独自一人的时候，你都有默默孤独的时候，都有流泪无人懂的时候，都有强忍悲伤无法诉说的时候。但是，在人生某个路口的转弯处，依然会有人默默看着你，无论你处于炽热的情感中轰轰烈烈，还是在冬季皑皑白雪下矗立成风景，都有会人在那里不远不近。有些记忆会如影随形，有些人却消失天际，有些事无法再重来，有些爱永远成为回忆。但是，那些曾经陪伴的人，不管是亲人，还是朋友，无论他们脚踩哪片土地，头顶哪片蓝天，都会在你的眼里和心里。

是的。他们都会在，只是不再与你相遇，不会和你重逢。他们化作了来日天空中的一朵白云或一缕微风，可有可无，几近透明，却为你遮挡烈日吹散忧伤，抚慰你的内心。

4

和很多人一样，我也是一路走一路丢盔弃甲，当人过了25岁之后，就开始做人生的减法。在这路上行走并不轻松，要随时判断，要随时做出选择，有些对有些错，有些对的会影响之后的日子，有些错得离谱儿然后追悔莫及。

我不是一个记忆力好的人，如果新认识的朋友几个月不和我说话，再见面我就会礼貌而拘束地问你是谁。我也不是一个热衷人际的人，更多的时候，我都在家里默默看着一本书。而就在这些自以为保护好自己的安全时刻，我依然有很多重要的东西被有意无意地丢弃了，比如曾经在做团队时遇到的伙伴，比如刚刚熟悉起来有才华的创作者，比如重要的机会，比如隐约觉得可以陪伴的人。

未来就好像一部公路电影，风沙扬起，四下无人，但内心中有温暖的心情，牢牢抓紧那些憧憬和回忆，待在爱与时光里继续前行。我们所看到的世界，远远不是世界原本的面目，所以我们穷极一生去发现，我们追梦，追名，追利，到最后都会变成寻找真正的自我，而一段发现自我的旅程，也是发现世界的过程。

有人曾经问我，这个世界公平吗？我摇摇头，这个世界不公平，人生来不公平，三六九等不是我们出生就可以决定，有些人一生都无法成为那个高高在上的人，也有些人遭遇无数次命运的滑铁卢，努力不一定会有回报，也有人因为善良遍体鳞伤。

但是，纵然这过程并不顺利和美好，有误解有争辩，有一切我们可以想象和无法预料的艰辛，但成为什么样的人，做什么样的事情，都是我们的选择。到了生命尽头，我们赤条条站在死亡的大门前，什么都无法带走，只留一片青烟，只有这时，我们是公平的。时间是公平的，爱是公平的。

而我们就在这样不公平的生活里，做着不公平的事情却不自知。我们在依然狭隘的自我认识中，利用广阔时间的狭窄缝隙，在最不值一提情绪的指引下，大脑做出了最难挽回的决定，又总在无知无觉过去这么多年之后才恍然大悟这是何等致命的错误。

陈冠中曾经写过：“我明白最终一切是幻象，不可能永久，不需要眷恋，时间一到我可以什么都抛弃。”

面对生命，我们都在不自量力地还手，直至死才肯放手。

5

《匆匆》里唱 :“那些褪色青春梦，普通得不能再普通。……说什么往事如风。……我失色青春的惶恐，现在才知道，回忆是心虫，光让人痒痒不让碰，明白了现实里，没有人是孙悟空，课堂老师忘了教八面玲珑。……

“离家时故作轻松，留给娘的是匆匆。……”

站在年尾，我在想，我们学过的每一样东西，我们所受的每一次艰难，在之后的路途中，一定会以另外的方式回报你。别人不了解的很多事情，重要的是自己能够确定，确定保持那份最初的勇气，还有一颗坦然的心。

在经历了这么多事情之后，我渐渐学会，不管在牵绊人生的哪个节点，不管是如何披星戴月地奔波，我们都会开着一扇窗，当迷失和难过时，会看到点点星光，指引我们继续前行，只有心里记下那些闪着光的纪念，才能一直走下去。这个世界不会改变的，是改变本身，还有坚强与爱。

我感谢我的人生，我感谢我的经历，我感谢我遇到的人，我感谢我做过的事，我感谢所有的苦痛挣扎，我感谢所有的点滴成功。我感谢命运的厚待，让我拥有一颗不冷漠的心，它依然鲜活地跳动着，伴随着这个世界和这座城市的呼吸，我愿意继续嬉皮笑脸，面对生活的难，我愿意继续活着，以自我救赎的名义。

有的人用一生停留，有的人用一生寻找，有的人用一生等待，有的人用一生奔跑。有的人为了自我不断回望，有的人头也不回远走。我们所有的爱恨，我们所有的经历，在我们毫无察觉的日子里，变成了过去。时间在面目全非前依然淡定地前行，而另一些所得却在生命的迁徙中变成了错过。

一切都会过去的，不是吗？明天，不管天气如何，每个人又将各自奔往前程。正如朋友所说，生命或许真的轻如鸿毛，本就是一身轻盈，只是我们习惯了背负，偏要把许多不值得的事情烙刻在自己的身上，以宣告自我的存在。

人的一生啊，没有绝对的成功失败，没有必然的所得失去，你所得到的，有些终究会失去，而你的失去，谁说不会最终重逢呢？

所有的爱恨，为时光加冕，所有的时光，因你而漫长。

三十几岁还这样追求梦想？

仇小丫

梦之所以可贵，是因为我们完成梦想的时间是有限的。

选秀节目，几次看到选手带着同一副苦大仇深、怀才不遇、天下谁也不识君的表情，咄咄逼人地问评委以及广大无辜人民群众，我三十几岁了，我三十几岁了！！！我是最老的……你们说我老吗？我参加了多少多少次 ×× 男声！！！我的父亲，我的女儿……

声泪俱下，直逼肺腑。

无奈苦情戏却唱不到点子上，简直不忍心听下去。换了玻璃心的评委甚至直接可当其是一种威胁恫吓，利落毙掉。

好，首先我们承认，许多电视只能用来消遣和娱乐，不可认真与深信，不必深究，这一点在电视圈左右逢源、深谙此道的康永先生早就在微博俏皮表示过："听说有人在电视里面找深度耶。我好诧异。电视很方便，但很肤浅，在电视里面找深度，太看得起电视了，太看不起电视没出现前的文明史了。何苦看电视找深度啊？为什么不去看书呢？"

在电视领域，最好骗的永远不是傻子，是那些自作聪明的人。

编导们负责挖坑，傻瓜们躺在里面吹着风、看星星、看月亮、看蓝天之上飘过的浮云，时而跟着感动，时而附以哭笑，奉献真情、眼泪和钞票，各取所需，也无可不妥。

傻瓜们独有一套与世相处的哲学，他们于万事中皆身临其境，乐在其中，喜闻乐见电视及身边一切。

大智者到了看山依旧是山的第三重境界，也可混在傻瓜中间与其同乐同喜。

只有自作聪明的人总是不甘智商受辱，甚至要连自家尊严也牵连上，誓要深挖个干净，挖来挖去，不幸发现自己正中编导下怀，剥来剥去，发现电视竟是一颗洋葱，里面根本没有心不说，还空余自己被呛出的干涩眼泪。

故要说到“大龄梦想”，必然首先要抛开电视以及电视当中的核心人物。只说，世界上的确存在那么一群人，他们年纪不小，经历过人情冷暖或世间风雨，经历过摇摆不定和犹豫不决，但依然执着坚持梦想，风雨雷电面前不依不饶，不动不摇。有些甚至不顾妻儿老小，不惜家破人亡，不惜流离失所，试图见缝插针在电视选秀节目中寻求一席曝光之地，被良人发掘，遇伯乐知音，翻来覆去一句话，“因我有梦想”，幻想有朝一日必可于万众瞩目的舞台之上一曲高歌，“冷漠的人，谢谢你们曾经看轻我，让我拥有好故事可以说”，姿势漂亮，终成大器。

要人不由联想起毛姆小说《月亮与六便士》。

哎，“月亮”真是……是众多文艺青年心里忧伤的遥远的痛。

梦想之所以可贵，是因为我们完成梦想的时间是有限的。

故“大龄梦想”在众多梦想之中更显矜持难得惹人怜惜。

“月亮”是梦想，是欲望之火，灵感之源，心里有“月亮”的人总不得安宁，无法安分。

月亮在上，你硬压着追月之人去过普通人生，挥刀斩去指“月亮”

的手指，命里再也无诗，对他是生不如死。

所以，追月之人总因镜花水月而郁郁寡欢，一腔抱负，似月光，似地上霜，很无法见光的样子。

有个在北京的单身姐妹，人脉资源能力都还不错，认识某同龄男孩子，据她说还算有头脑，小有才华，只总觉得这个社会很残酷，不太公平，没有施展才华和抱负的机会，姐妹觉得这男孩子至少人还不错，想培养一下，替他走动，想多介绍他一些机会，谁知男孩儿在关键时刻却屡屡怯场，让她恨铁不成钢，恨恨地回来说，登不上台面！只靠一张嘴！

我比较没同情心，只想苦笑，真正被梦想折磨得无法苟活的人，是哪怕没有伯乐自己也要搭台子唱戏的，哪还轮到你在这苦心为其经营啊。

“怀才而郁”就如同“红颜薄命”的格局一样，谁不知，所有命薄者，若非红颜，命只会更薄。所以怀才而郁者，若非有才，只会更郁闷，更无存在感，更没法儿活下去。

对于薄和郁，我们要怪的，不是红颜，不是梦想，不是才华，不是互联网，不是世界，不是人情和社会，而是自认为很好而不够好的我们自己。

跟苏珊大妈比，三十岁也是毛头小子，若真是那块料，五十岁重新开始也能成一点儿小气候。

一把年纪，唱苦情戏，除了增加旁人的不解和轻视，可有其他用途？

倘有真本事，一开口便惊艳四座，那的确，可以讲讲这一路受了何其多的恐吓、诱惑、鄙夷和辗转反侧到最终的决绝，讲讲能够来到这舞台之上的辛苦，讲讲因为我觉得自己行，所以一切都值得，讲任何能讲的，唯独不能对谁都一副深仇大恨的样子，觉得我这么不容易谁不选我谁没有良心和眼光！

哦，只有你最难，其他人都坐顺风船吗？

无非是其他人没有时间和精力抱怨，无非是人家早已清楚，抱怨徒显自己无能，无非是不想在求生之辱下给自己增添更多的侮辱。

过去科举考试也要三年一次。

讲辛苦，讲年纪，讲坚持，讲可怜，没有丝毫意义，因为每一个人，包括台下坐的观众，包括把握你命运的评委，都不比你轻松多少。

看似轻松者，曾经也要付出多少辛苦和努力。

在梦想没有完成以前，追梦人不可以声张自己的苦 ×，这是一切追梦者在起跑线时就跟上帝签好的合约。

赢家们时常回忆过去的辛苦，那可是另一番光景！

坚持梦想值得尊敬，但坚持万不可靠蛮力，不是一厢情愿胡乱一把抓什么是什么，更不是只因不想过现在的生活就随便去追求个流行的玩意儿。

无论而立、不惑，还是知天命的年纪，没有方法盲目坚持梦想并以偏执狂为傲的人，只能一辈子苦兮兮怨天尤人痛斥社会，觉得全世界的沙都吹到这来，埋了他这块要发光的金子，哦不，是要发光的璞玉，即使好容易发现了他，还需要费力给他打磨。

且说当下社会，雨后春笋般良莠不齐的作秀比赛，各种渠道曝光自己的机会，太多太多，舞台并非少得可怜。

那些所谓的坚持梦想的人，到底要经历多少打击才肯相信，不是世界残酷，而是自己不够好？要听多少逆耳良言才肯思考，自己究竟在追求梦想，还是仅仅想逃避现实？

生活是会给你选择，但生活决不允许一个人在几个选择之间跳来跳去。

生活是会给你选择，但有时那只是抛给你的一个小小的“诱惑”，意欲试探你前行的坚定。

坚持梦想是一件十分破釜沉舟的举动，意味着一个人要为之放弃许多已拥有和能拥有的东西，踏上一条没法儿回头的路，倘若随随便便在什么器物上找到了些许乐趣，便觉今后在此领域或许将有宏图大展，便一甩性子撒了手心里的不堪忍受的烦劳现实，想同梦想私奔，这的确浪漫，的确性情，的确快意恩仇，也的确……不知要付出多大代价。

回过头来说，所有人，不管何等年岁条件，都有坚持梦想的权利，只要在坚持梦想的同时不要一个猛子扎进梦想里，看不清连同梦想和他本人在内的现实。

现实就是，树能开枝散叶首先因为它有根！

任何行业或领域，能走进去，站住脚的最大前提是你首先要有真本事。

先有真本事，再去讲其他的玩意儿和手段，再去追求所谓的人气曝光和眼球。舍本逐末，岂非死路一条？

在这个自说自话、自己搭台子唱戏的时代，一切选秀即为作秀，评委也才三十几岁，顾自己还来不及，怎会真要培养出多少巨星断了自己后路？

将梦想这么重要的东西依托在别人手里，如何靠谱儿？怎么想的？

真正的才华是可以星火燎原，难以被淹没的，这个时代尤其如此，一切怀才不遇都只是幌子，是脑筋抑或时机不够，不需其他借口。

有没有才华要靠作品来说话而非苦情或其他，唱歌的就拿出你的音乐，写作的就拿出你的文字，做事的就拿出你的成绩，群众虽不致个个将眼睛伸向哲学深度，但对于他们是否喜爱，对于是否好听好看，还是有正常需要的。你的才华可以打动人心，给人震撼抑或感动，被人需要，自然，人群中间自会给你辟出一条路来，自会给你建造一个小小的舞台，让你唱跳说演写，只因人们乐意看，只因人类有娱乐和精神享受的需求。

与其有时间空悲切，苦求怜，不如好好夯实自己的基本功，踏踏实实写几首歌，好好作一些文。Adele 也不那么美艳，不跳舞、不弹琴、不减肥，可她知道自己该做什么。她真的能写出让全世界人都感动的歌曲，她的嗓子真的好听，做一个歌手，这才是真正的本事，才是真正能使其立足的功夫，这就够了，不必耍宝，足以让人喜爱和尊重。

某些领域看似百家争鸣，实则群魔乱舞，竖子横行。

乱世里，最要紧是自己不能随着别人乱而乱，别人打枪自己就放炮，别人抬起脚自己就跟着跑，别人摇手一指自己就开口骂人。

要紧的是于嘈杂尘世中自有一份冷静和定力，一份耐心和洞察，是要有足够积累来打持久战。

乱，则是无实，没有重点，没有主力军，乱世之下，自然也没有庞大对手。

自古智者制造规矩，聪明人摸索规矩，自作聪明者则到处跟风，所以乱世出英雄，出佳人，在他们眼里，越乱越美丽。

若没有几分智慧和定力，光凭一腔热血和蛮力，只可算一身投进绞肉机，一个眨眼，一切都没有。

第四部分

爱自己，世界转身来爱你

人到了一定的年龄，
才会突然开始对生活有了以往截然不同的看法，
而那个瞬间，
便是成长。
好好照顾自己，
独立面对一切，
其实自己远比想象中强大和坚强。

照顾好自己，并不轻言放弃

陈亚豪

爱，给予一个人的力量真的太强大了。哪怕那个给予你的人已经散去人海，已经去了另一个世界，可留下的记忆随着时光的流逝，却会愈发炽热。

去年冬天的时候，我去找一个老同学吃饭，他正在攻读教育专业的硕士学位，那天他在听一个讲座，我到的时候还没有结束，索性就进去听了一会儿。

我不清楚这是什么内容的讲座，不过有意思的是我发现来听讲座的都是年龄四十到五十之间的阿姨。朋友告诉我，她们都是妈妈。

台上的老师在现场提出一个问题："各位母亲，请你们回想一下，孩子让你心碎的那一刻是什么时候，五分钟后我们开始讨论。"

“孩子让你心碎的那一刻。”这个问题引起了我的兴趣，作为儿子，我似乎从未想过自己让母亲心碎的那一刻是什么时候，我在脑海里和在场的妈妈们一起回想起来。

五分钟后，阿姨们陆续开始发言。

“女儿一而再，再而三对我撒谎的时候。”

“儿子交过一个女朋友，想结婚，我没有反对，只是希望他们再相处一段时间，多了解一下彼此，结果他直接住到女孩家里去了，不要老娘了。”

“有一次闺女和我吵架，吵得很激烈，她冲我嚷了一句，为什么我会有你这个妈妈。我知道她只是一时冲动，但那两天想起这句话就想哭。”

“儿子十八岁生日那天，我开玩笑问他以后想找一个什么样的媳妇，他看了我一眼，找个比你漂亮的。气死我了。”

阿姨们的发言越发踊跃，现场很热闹，我在下面听得一会儿心里难受，一会儿忍不住嘎嘎乐。

这时候一个阿姨接过话筒，站起来缓缓地说：“最心碎的那一刻，是孩子对我说，他想放弃自己的那一刻。”

现场突然安静了。好像大家都被拽进了自己的回忆里，过了半分钟阿姨们纷纷默默点头表示赞同，有些妈妈的眼里甚至有些湿润，我不知道是为什么。

台上的老师拿起话筒：“这应该是所有当母亲的最有共鸣的一个答案。”

思绪忍不住地回转，脑海里浮现出高三那一年的自己。那一年因为一些经历的刺激和幼年的神经疾病病史，患了抑郁症和迫害妄想症。情绪完全不受自己控制，精神近于崩溃，每天在恍惚和挣扎中度过，时刻在与自己对话和斗争，但还是无法战胜自己。

那一年，每周都会请假一天，妈妈带着我去看心理医生，她坚持不用药物治疗，虽然药物的效果会更快。

就像又重新回到了童年治病的灰暗时光，没有朋友，无处诉说，活在自己的世界里。只有妈妈始终陪伴，即便她不能理解我那些疯狂扭曲的想法，无法给我减轻一丝痛苦。

她在我面前总是很快乐，从来没有表露出因为马上要高考了而对我的担心和忧虑，总是和我聊那些轻松愉快的话题，虽然大多时候我都沉浸在自己的世界里，根本没有听她在讲什么。

她觉得我很棒，因为她相信我一直在努力战胜自己。

后来我对自己妥协了，算是放弃了吧。因为这样的精神状态连一道题目都无法集中精力读完，高考的日子越来越近，大家都在奋笔疾书，跑得越来越快，可我却在看心理医生，就想干脆破罐子破摔了。

那时的班主任很照顾我，一直在关心我，她觉得这样下去我很可能把自己毁了：当初我是保送进这所市重点高中的重点班的，被很多老师设为清华北大的苗子。

她打电话把我在学校的情况如实告诉我妈了。上课不是睡觉就是在那发呆，连课本都不掏。作业从来都是上交前找个同学的抄两笔交差，怎么说他都跟个木桩子一样，理都不理你。一身的烟味。

这是班主任找我谈话时告诉我的。她先跟我道了歉，她说自己没能力帮助自己的学生，她觉得对不起我，并且很后悔把这些情况告诉我妈。

她和我谈话的时候，我还跟傻 × 似的沉浸在和自己的对话里，她那天说了很多,我基本没记住什么。可听到“后悔把这些情况告诉你妈”时，我回过了神。

“为什么后悔，这是作为老师您该做的。”

“那天在电话里和你妈说完这些情况后，她就突然哭了，她以前对你的状况一直很乐观也很相信你，可那天她在电话里哭了很久，哭得我也很难受，不知道该怎么安慰她。”

然后我就哭了，鼻涕流一嘴。我不知道是当时自己真想哭，还是因为那时情绪不受控制才哭的。班主任不停地用手给我擦眼泪,擦鼻涕,把我当个小孩儿一样，什么都没再说。

孩子最让母亲心碎的一刻是什么时候？就是那个孩子想放弃自己

的那一刻。

那天之后我就开始拼尽全力地逼自己了，几乎到虐待自己的程度。一个小时里我只能集中精力二十分钟，就学三个小时来弥补。距离高考的那两个月里，我每天都是夜里三点睡觉，六点起床，白天上课站着听讲，为了抵抗困倦和集中注意力。我以前觉得为了学习用笔尖扎自己的学霸都有病，可我居然连着扎了自己两个月。

妈虽然心疼我，但从不阻拦我。只是在夜里三点钟我关了台灯，准备躺下睡觉时，准时来我的屋里端上一碗热牛奶。我不知道她是定了闹钟，还是一直没睡在等着我。

后来当然什么都好了，什么都过去了，啥事没有，现在不是帅哥一个嘛。

高考成绩和老师们对我的预期相差很大，但好在一本压线，去了个还不错的大学。高考过后的那个暑假里我一直沉浸在对自己怨恨里，恨自己，恨自己的所有。

人来到这个世上，就是来受苦的。谁没有点儿病痛和挫折，谁没有过彷徨和挣扎，我从来没怪过那些经历和老天爷的戏谑，我只怪自己，怪自己有过的退缩，怪自己尝试过的放弃。

临去大学的时候我回高中看班主任，那天一些过去的任课老师正好也在，除了班主任，其他老师都不了解我高三时的情况。过去的物理老师说："你这成绩怎么整的？是不是偷懒了小子？"

我不知道该如何回应，挺委屈的。可难道用那些过去的痛苦来解释此刻委屈吗？这世上有太多苦楚，你袒露心扉地讲出来，在他人眼里不过是借口和软弱罢了。说出来还不如什么都不说。

我惭愧地点点头，赔着笑脸说："是啊，真后悔那会儿自己偷懒，不知道努力。"

班主任在一旁打岔，过来拍我的肩膀，看着那些老师笑着说："不就是一个高考吗，现在去的大学也挺好啊，以后的路还长着呢。我们亚豪以后会越来越优秀，因为这孩子从来不会放弃。"

当时我鼻子就酸了。不过这次没掉眼泪，那时候病都好了，已经可以很好地控制自己的情绪了，可以很随意地装酷了。

大一那年的母亲节，我给妈妈发去一条短信："妈，母亲节快乐。谢谢你带我来到这个世上，我会努力成为你的骄傲，永远。"

妈回了一条："傻孩子，不轻言放弃，你就是妈妈最大的骄傲，永远。"

大学毕业前的春节，我和两个好哥们儿一起去看望另外一个哥们儿小山的父亲。母亲在他幼年时离开了这个家，小山从小和父亲过，大二时去当了兵，快两年了。

小山的父亲这些年都是和他两个人过日子，身边一直没个女人，现在儿子又去了远方当兵，挺孤单的。

去了之后才发现，他确实挺孤单的。一个年近五十的人能跟三个二十出头的小伙子喝到天昏地暗，不知道有多久没人陪他说说话了。一下午的时间，我们喝了三瓶白酒和一箱啤酒。

我们几个都知道，小山的父亲是那种典型的把自己对人生的不如意和未实现的理想全部施加在孩子身上的人。

可能是小山大了，可能是他老了。酒桌上他从未提及任何一句对小山的期望和要求，只是一直在大舌头地讲着小山身体哪哪不好，该注意哪些方面，让我们记下来到时提醒他，真的比当妈的还细致和啰唆。

直到我们走的时候，他依然一手撑着下巴颏儿，一手挥舞着，眼睛一闭一合地讲着那些说了一遍又一遍的语无伦次的话。

“他爹我没出息，为了以后出路好些只能让儿子去当兵，可我儿子有出息，他愿意吃这苦，他肯定比我有出息得多！可他有没有出息都是我的孩子啊，我就是想让他学会坚持，我就是担心他照顾不好自己的身体。他从小身子就弱，你看他，比你们都瘦两圈矮半头的……”

打小山去当兵后，他从没给他爸打过一个电话。他恨他爸气走了他妈，他恨他爸从小就不像其他父亲一样照顾儿子，他恨他爸没能力让他吃尽了苦。

去年“十一”的时候，小山给我打来电话。他告诉我，他爸竟然大老远来新疆看他了，可连面都没见到。把一箱牛肉干、两盒牛奶，还有他小时候最爱喝的一箱苹果汁放到了部队门口的哨兵那儿就走了。

箱子底下放了一个信封，什么都没写，只装了五千块钱。他爸的收入一直不稳定，小山看见过他爸吃鲍鱼喝茅台，可大多时候是看见他在家就着咸菜啃硬馒头，咂巴着嘴喝两小口二锅头。

我在电话里告诉他，去年春节我们几个兄弟去看你爸了，他希望你有出息，更希望你照顾好自个。

小山在电话那头沉默了两分钟——两分钟，一百二十秒，我以为是信号出了问题，已经准备挂断电话了。

“我会活得很好，也会努力出人头地。有他这玩意儿在世上一天，我就得这么坚持，我也不知道为啥。

“就算不在乎他，甚至恨他，可也总想着为了他也要让自己活得好点，你说人怪不怪？”

小山退伍回来的第二天，立马来找我们哥儿几个不醉不归。酒桌上他吐沫星子满天飞地跟我们讲着这两年在部队的牛 × 故事，他掀起上衣秀他的八块腹肌，他仰着下巴颏儿告诉我们：“老子拿了优秀士兵。”

我们都觉得他在扯淡，大学那两年的他不仅连进步奖都没拿过，挂科都挂到了老师不忍收他补考费的地步。

喝到双眼迷离的时候，小山撩起了裤腿，腿直接跷到了饭桌上，一条挺长的疤。

“去大山里拉练时意外受的伤，粉碎性骨折，放了条钢板，过两月该训练照样训练，没跟你们说过，就想着回来时炫耀下。

“主要怕你们几个管不住嘴跟我那个爹说了，他肯定又得一副屌样地骂我没出息，心里又他妈着急得跟自个折了腿似的。

“忍忍就过去了，算个屁事。”

小山以前是一个对待世界和自己都玩世不恭的人，喜欢放纵，蔑视一切他人所坚持的事物和感情。

2013 年 8 月，我和一个女孩儿通了最后一次电话，后来她的电话就打不通了。

那时她在加拿大，半夜给我打来越洋电话，我们高中时是好友，后来联系得越来越少，她在电话里说：“姥姥没了。”

我知道，她从小是姥姥一个人抚养长大的，爸妈都是做外贸生意的，常年漂泊在外，和他们的感情很淡。过去她和我聊天时，每次提到童年那些快乐、暖心和难忘的回忆时，她总是姥姥长姥姥短的。

对这种感情概括起说来就是，童年到少年的回忆里，每一个“爱”字，都是姥姥教会她如何书写的。

可她在电话里只告诉了我姥姥去世的消息，后面聊了几句无关痛痒的话题便挂断了电话。

后来就没了消息，蒸发了一样。

一直到今年三月底，我和高中时的几个同学聚会，在饭桌上想起了她，打听了下她的近况。正巧一个在场的学霸和她后来申请了加拿大同一个学校的研究生，两人有过几次联系。

大致的情况是，她非常想继续读研，但申请研究生失败了，就差了一点儿。随后她一边兼职打工一边努力继续申请研究生,过得很阳光，人也比以前更靓丽了，好像一点儿打击也没受到。

“她爸妈呢？没给她出点主意或帮下她吗？”我问那个同学。

“这个问题我也问过她，这种情况按说应该就直接回国找工作了，没必要在那边耗下去。但她当时给我的回答是她要坚持，靠自己坚持，为了姥姥放心。我不大明白，关系不熟，也没多问。”

是啊，肯定不会明白，那时候她姥姥已经去世了。

我从老同学那儿要到了她的新微信号，加了她好友。

我俩都是白羊座，她的生日在四月初，我想正好能赶上祝她一句生日快乐，也关心下她。

大概过了两天，通过了她的好友验证。第二天是她的生日，可我只发了一句“生日快乐”，除此之外没再说任何。她回了一条“谢谢，你也是”然后一个龇牙乐的表情。

加好友的时候，我看到她的微信签名上写了一句“要让姥姥放心，加油 ”。

我觉得她很厉害，厉害到我觉得多余的关心和询问只会唤起她不必要的愁楚。就这样，挺好的。

一个女孩儿，孤身一人在国外颠沛求学，无依无靠，失去了至亲又被打破了当下最渴望实现的理想。她会有很多次辗转反侧的夜晚吧，也会有一个人走到街边一个无人的角落偷偷哭泣的时候吧，但它们只是发生，那些难以入睡的夜晚和流过的泪水只是发生了，却好像从未存在过一样。

过去收到读者的一些留言里，朋友喝醉时、半夜失眠发表深沉感慨时，都问过我同一个问题："你说人活着究竟是为了什么。"

我觉得问这个问题的人，一定都活得很累吧。无忧无虑的人，从不会有这样的疑问。

可又有谁会真的能无忧无虑呢？为什么人会觉得活得累，为什么那么多人要活得这么累。

为什么不能肆意放纵，享受放荡；为什么不能挥霍时间，游戏人生；为什么不能跌倒了就不再爬起来一直躺着，再也不用跌倒？

因为我们都背负着感情吧。

背负着亲情、友情、爱情、挚情，和那些匆匆来过又匆匆离去的人留下的难以回报的恩情。

肩上背着它们,怎么会不累呢? 会有责任,有压力,有期望,有束缚。

年少时幼稚的自己总觉得他们都是枷锁和链条，很多时候，甚至要为此逼迫自己做那些最不喜欢的事。

明明是只向往着无际天空的鸟儿，却因背负着它们，把自己关进了笼子里。

可后来才明白，如果没有他们，也许自己从不会拥有那想要展翅高飞，可以视风雨为无物的坚硬羽翼。

孤单时、彷徨时、一个人在异乡为异客时，想起他们，就好像暗夜里突然升起了一个对自己微笑的太阳。

什么都不叫事了。什么无处诉说的，都可以咽进肚子里了。

他们或许给过你束缚，可同时给了你最有力的翅膀。

爱，给予一个人的力量真的太强大了。哪怕那个给予你的人已经散去人海，已经去了另一个世界，可留下的记忆随着时光的流逝，却会愈发炽热。

你把“爱”字拆分一下来看，不难想象到，就是有一个人在每次下雨的时候为你撑起了一把伞。待你如友，没有年龄的差距，没有时代的隔阂。这就是“爱”。

我有时候也会很迷茫地问自己，人到底为什么活着。

为了回报吧。

回报那些让你的垃圾变成糖，让你的心尘开出花；回报那些当你蜷缩在黑暗一角时为你照进一丝光芒的人。

可就像我也是用了很久的时间才明白，那些爱你的人，从不会在乎你活得光鲜或暗淡，荣耀或庸碌，他们关心和在意的是你是否平安健康，是否一直走在自己的路上。

姥爷走的那年，我翻家里的老相册，在一张他两只手分别牵着我和妹妹的照片背后，看到一句字迹隽永的话：“吃饱饭，咬住牙。”

他曾是省市重点高中的校长，饱读诗书，是那个时代的高级知识分子。可活了一辈子，他所留给后辈的希冀不过是这六个字：吃饱饭，咬住牙。

跌进拔不出脚的泥泞时，重重地摔在地上时，被阴霾笼罩看不清未来的路时，我就索性什么都不想，把自个照顾好，咬牙多坚持一会儿。这就是我要做的。

命运多舛途，一路走来，才明白一个最简单的道理，照顾好自己，并不轻言放弃，便是对至亲与挚爱最好的报答。

人活着到底是为了什么，想那么多干吗？吃饱喝足，照顾好自个，咬紧牙关，别动不动就放弃。够了。

这篇文章是杂志给我的命题约稿。围绕“我也曾独自面对”，讲一讲自己独自面对的一些艰难和困惑。

命题作文总需要最后扣下题嘛。

我也曾独自面对……独自面对……面对……面……，以下全为省略号。

就像年少时的你我总喜欢自我主观夸大的非难，不由自主地就会沉湎在自己铸造的悲伤与孤单的城墙中。

可如今回想，我却好像从未独自面对过。

总有某个亲人和挚爱在默默地陪伴着我。为什么那时稚嫩的我常忽略了他们，因为他们总是站在远处。为什么他们要站在远处，远到我忽略他们？因为他们恨自己无能为力帮我减轻苦痛，还不如悄悄站在某个角落默默陪伴。

我从未觉得自己独自面对过任何，并因他们，学会了独立面对一切。

被 误 会 的 人 生

羊乃书

讲故事的人从来只挑最精彩的部分讲，生活里哪一个人，不是有着千种姿态、万个故事。不过是同坐一桌，搓着这局人生的麻将，从凌晨到天明，没人敢说输赢。

玉姐发来微信说，刚把工作辞了，因为老是怀不上孩子。

我擦了擦嘴边的红油，走出冒菜店，招手打车。

从学校到她家的距离很尴尬，没有合适的公车线路，单靠步行又感觉会消耗掉我刚吃的那餐饭全部的热量。

十五楼，电梯叮咚响了。

她练就了在家里分辨电梯到达几层的本领，我刚要伸手按门铃，门就开了。

轻车熟路地拉开鞋柜，随便拿了双粉红色的棉拖鞋穿上，把包搁在集满香水瓶的鞋柜上往里走。桌上墙上被她贴满了婴儿的海报，我感到无数双炯炯有神的大眼睛无处不在地盯着我，搞得背脊发毛，还有白花花的身子闪着肉光，晃得我一阵头晕。

计划生育政策造就了孤独而自我的一代，我没有兄弟姐妹，玉姐从某种程度上弥补了姐姐的空缺。我们作为对方的树洞，保守着很多秘密。

她打开冰箱，拿出一连排养乐多。我撕开包装，咕嘟咕嘟仰头把第一罐喝光。

玉姐从音乐学院毕业以后，家里自作主张托关系给她在艺校找了个教职。她不去，觉得教小孩儿唱歌太无聊，每天被拴在单位，时间不自由，像个别人怎么抽就得怎么转的陀螺。但我知道，她真正在意的是工资固定又不高，赚不了钱。钱，对于初出茅庐的少年，是那么新鲜而灼热，它被肤浅地跟地位、权力甚至尊严捆绑在一起，任别人卖力上演抢单的戏码，响亮地掷在桌上的那叠票子才最有发言权。

音乐院校学唱歌的男男女女，几乎都有跑场的经历，酒吧、夜店、歌舞厅。从服装批发市场跟老板磨破嘴皮子，买一编织袋花花绿绿、豹纹亮片的衣服，顶一脸大浓妆，春夏秋冬走马灯似的转场。

辛苦，也不体面，在那种宣泄欲望的场合不仅得不到基本的尊重，还免不了求人赔笑，但钱来得很快，说不定还能因为各种机缘，一炮走红。

从她嘴里，我知道了花场的存在。在花场唱歌，表演的时候客人会送花。说是送花，其实就是送钱。舞台前面一排假花做的花篮，每个价格少说也上百。客人送几个就放几个到台上，送满五个就放一个砰的一声，飞出很多彩带的礼炮。

里头的利益纷争很复杂，唱歌的拿多少，场子里扣多少。每个人还有订桌的任务，完不成要扣钱，若是客人点的酒水太少，也要在工资里扣。

以我对世界的简单认识根本不足以想象花场里的各色人等，集团董事长、私营企业的小老板、大字不识满口龅牙的暴发户、靠放高利贷的黑社会老大，三教九流，每个人的故事都可以凑一部情节跌宕的八点档电视剧。但她向我保证，富贵绝不淫，贫贱绝不移，威武绝不屈。

晚上工作白天睡觉，长期作息颠倒，皮肤明显变松弛，脸颊的肉开始下坠。我恐吓她，赶紧收手吧，再唱两年就人老珠黄了。

蹚在浑水里，迟早会遇事。

周末，生意爆满，来了不少最近热捧她的主顾。偏偏一个秃头，在玉姐敬酒时，手脚不干不净，趁机揩油。头两回她顺势躲开，到第三次忍无可忍，操起两杯酒，左一杯右一杯，扑了那秃头一脸。秃子糊得眼睛都睁不开，伸着两只手在空气里胡抓，像只四脚朝天的王八。他刚下重金，送了玉姐二十个花篮，颜面全无，当即放话要找人好好教训她。老板见状，赶紧出来打圆场，装孙子道歉，勒令玉姐自罚三杯。玉姐一不做二不休，又端起一杯，唰的一下从老板头顶生猛地浇下，接着掀翻了一桌子的酒瓶子杯子，场子里哗啦啦炸响一阵惊雷。

据说，秃子后来找人到处抓她，每天晚上都派人在好几个花场门口守着，但迟迟找不到。

玉姐当初留的都是假身份证、假学生证、假名字，手机电话卡也是临时买的。当天晚上走的时候，她就顺手丢进烧烤摊儿的炉子里头了。

在花场里，她认识了当时的男朋友，一个做中药材生意的小商人。我见过照片，印象很不好，头顶尖，额头窄，眉骨凸出，戾气很重。

他们家长期干这一行，供货商那边熟门熟路，不用愁。但他爸把所有的老客户都握在手头，要想赚钱就自己开发新的。市里的大医院连谈一谈的机会都不肯给，玉姐就陪着他，往周边的县乡跑。

并不是每次出远门谈生意都有收获，拿下一笔订单费尽周折，找采购科科长、药剂科主任、主管院长，没有熟人引荐，很难做得成。礼也送了，饭也吃了，对方打着饱嗝儿剔着牙说，这个我们恐怕还得再考虑考虑。有几笔生意谈是谈成了，但医院上货不上量，还得三天两头有事没事地去坐坐，混个脸熟，施以小恩小惠。

两人常空手而归，扑到床上一觉睡到天亮。

小商人租的房子，在市郊的城乡结合地带，走过一条阴湿逼仄的小巷，一幢衰败的六层居民楼赫然眼前。

居民楼前耷拉着低矮密集的电线，一排缺轱辘少铃铛锈迹斑斑的自行车七倒八歪趴在地上，铁门没有锁，四角结着蜘蛛网，网下全是专治疑难杂症的牛皮癣广告。楼里住的多是些进城务工的人员，流动性很大，看起来是电视新闻里常常会出事的地方。

其时，我刚到成都不久，但玉姐起初从未招呼过去她家做客。

接到电话的那天，夏之将至，75 路公车载着我颠簸了一小时十分钟，来到楼下。

蠢蠢欲动的炎热让楼道里的尘土味更加刺鼻，我轻推门把，迎面一股腐烂的霉味，抬脚就踩在一堆溢出垃圾桶的外卖盒上。

我低头瞥了一眼脚下的蛋糕盒子，日期是半个月前。厕所马桶也堵了，没人通；窗户也卡了，打不开；就差房子钥匙还没丢，估计也快了，居然还上蹿下跳一只博美，见了生人止不住地叫。

人的地儿都拾掇不干净，还弄只狗来添乱。

她没精打采地问我最近的生活，束起乱草般的头发，左一脚右一脚地踢开杂物，劈出一条小道。我左躲右闪走到床边，她把被子扬起来，堆到床的另一边，让我坐。

玉姐低头说着，被人骗了。买方是朋友介绍的，想来是熟人就没太多心，发了货钱还没收回来人影就再也找不着了，金额还不小，大概是他们半年多的收益。小商人气炸了，每天在外面喝酒，喝大了回来就撒酒疯。

玉姐把烟灰缸从梳妆台挪到地上，里面的烟蒂全是娇子——成都本地烟，密密麻麻似乎是某种沙漠上的植物。挽起袖管，又点燃一支，烟雾氤氲，眼神里带着一份迷茫渴望，像是在等待着什么。

她叫我来，并不期望能帮实质上的忙，但多一双耳朵，就多了一个发泄的出口，谷底的情绪兴许会稀释得更快。

我突然注意到，她露出来的手臂和脖颈上有几块瘀青，还有刚结痂的伤口，像水泥地上干涸的泥潭，有着不规则的褐色边缘，另有几处透着猩红，明显是新伤。

不是同情，而是出离愤怒，但话到嘴边，我的气势却如缩水的羊毛衫，变得很弱："要么跟他分手，要么我就把所有情况告诉你妈。"

她以一种难以置信的、看向叛徒的眼神望向我，我大力地关门，感觉整栋楼都在抖。

玉姐是从小被养得如此金贵的女孩儿，朗朗一派天真。每天早晨起床，便有两颗鸽子蛋、一杯鲜牛奶在餐桌上等着。各种水果漂洋过海到她家里，变成一杯浓缩果汁，新鲜的坚果搁在小碟里，带着金黄的色泽。她周周必买时尚杂志，学着里面模特的打扮，把自己收拾得得体而动人。

青春的那几年，不需要太多修饰，就能活出骄傲和气象。

她从小喜欢唱歌，就送她去学，后来心思不在学习上，成绩愈发不理想，就干脆一门心思学艺术。请最权威的教授上一对一小课，十多年前，价格就要二百一小时，每周两次，每次两个小时。照现在的物价算，一个月下来怎么也得七八千吧。

而她的父母并无特殊，是万千大众中，最普通的那一种，兢兢业业工作，踏踏实实做人，把孩子当玉捧着，攒一辈子积蓄，眼睛都不眨一下就可以全部投在她身上。

玉姐想通了，从城乡接合部的坟墓里爬出来，不再逃避生活带给她的失望。除了钱、银行卡、手机和一本日记，其余什么都没带走。那只上蹿下跳的博美？如果它还在，当然会一并带走。但就在前夜，小商人又接连被拒掉三笔生意，喝多了酒，关门的时候失手将它夹死了。温热的小身子渐渐没了温度，不再发出死寂的房间里，唯一令人感到欢欣鼓舞的叫声。

污浊的、不堪的、令人发指的，从那个男人身上涌出来，漫过了她的脚，打湿了她的鞋。

现在，她要光脚走回来。

同学会上，她与从上海回来的初恋男友死灰复燃，两人在闹市区兜了个门面做美发。

初三那年开始在一起，堕的两次胎，都是因为他。

意外怀孕，十几岁的小孩儿，懂什么，胆子比天大，没敢跟家里说，几个同学凑了点钱，去药流。

吃了药，头天一点儿反应也没有。她在心里嘀咕，该不会买到假药了吧？跑去药房问，卖药的大妈头也不抬："接着吃。"

第二天，吃完药就吐，吐得眼冒金星，找不着北。到了第三天，吃完药没过几分钟就在教室里满头大汗，数学老师走过去摸摸额头："没发烧啊！"让几个同学扶着去医务室看看。她走在路上，从未体验过那种劈天盖地的疼痛，"厕所，厕所"，一下跪跌在地上，一样东西掉下来，白色的。她一看，就放心了，回家倒头睡了一天一夜。

第二回简直驾轻就熟，第一天猛跑猛跳可劲儿作，第二天吐，第三天拉，睡四十八小时，完事儿。

发廊附近是成都最繁华的商业区，不用担心生意旺淡。地段好，只要师傅手艺不太糟，就不愁没顾客。

她又没学过理发烫发的手艺，只能坐在柜台后面收钱。

早上刚开门的时候人少，理发师闲，就给她做发型。玉姐一米七大高个儿，脸蛋儿也好，出门去春熙路上遛一转，保准有很多妹子来打听头发是哪儿做的，真人广告秀每天都能给店里拉来不少客源。

到了下午人多起来，她就看电影。一会儿笑得捂肚子，一会儿又哭得卷纸扯成哈达。悬疑惊悚片不敢在家看，店里人多正好。顾客去结账，一看老板娘瞳孔放大，表情狰狞，丢下钱就跑。

好景不长，才开两年，就赶上城区规划旧房拆迁，她又失业了。

家里人看不下去，求爷爷告奶奶，给她找着个正式工作，去公司做销售。听起来不错，说穿了就是电话推销，但怎么说也是托了好几层人情，才被人家施舍这么一个名额。家里特意召开了全体大会，七大姑八大姨轮番上阵，劝她收心好好干。

玉姐听完也收起过去那种不服管的德行，一颗红心向太阳。

她人生中第一次拿到了大公司的门禁卡，员工证，笔挺的套装，还有专属的办公隔间，真正意义上的同事。睡觉之前，她把那几张卡摩挲端详了好几遍，像小时候园游会的门票，放在床头柜上，生怕被同学抢了去。

我很久没在她身上看到那种紧张，还有在紧张之上绽开的兴奋。她梦想着，能够通过这份工作，一步一步抵达常青的未来。在灯光亮起以前，忐忑而充满希望地攥紧拳头。

早中晚几班倒，没得选，排到哪个时段就得去。每个月都有业绩要冲，领导“大跃进”式的提标准，每个人的名字和销售额被制作成表格，挂在部门入口。

玉姐争强好胜，每个月都是第一名。年会上，音乐学院的专业底子，使她毫不费劲地成为当晚最闪耀的星光，公司上下尽人皆知，姑娘是个全才。

那年春节，玉姐爸妈扬眉吐气，逢人便把话题扯到女儿新近的工作业绩上。一对已经显露中年形态的夫妇，絮叨，家常，一辈子平安无虞，不再寄希望于此生有任何成就。若是女儿争气，就是他们能想到最完美的人生了。

她辞掉工作的一年半前，考虑要孩子。快三十了，年龄再大恐怕对孩子也不好。

跟老公商量以后，两人戒了烟戒了酒，调整饮食，锻炼身体，但就是怎么都怀不上。他们就像敬业的渔夫，掐准了时间出海，斟酌好撒网的位置、角度，一网网地放下去，打上来次次都成空。

时间撕扯着他们的盼望，没有一轮昼夜心底是踏实的，诚惶诚恐地，等待命运的宣判。琢磨了琢磨，玉姐觉得问题出在工作上。上班时间不规律，业绩逼得紧，压力大，内分泌紊乱。

她在家里歇了两个月，一歇就歇出了惰性，递了辞职信。

很多事压在心里不说，瞒着捂着，就以为父母不知道。但什么都休想逃过他们的法眼，有时选择不戳穿，是为了保全我们的玻璃心。

玉姐是某天在家里睡大觉，被爸妈抓了个正着的。

她妈坐在客厅就开始抹眼泪，觉得她好不容易有点儿起色，又把自己给毁了。想当年，她们的生活条件多艰辛，物资多匮乏，也从来没为怀孩子这么大费周章。现在的年轻人啊，就是被惯坏了，太娇贵，经不起一点儿考验。

无论生活的哪一面，都比我们想象的要沉重。

桌上的养乐多全部被我喝光，一排空瓶像打了败仗的士兵。

她翻出手机上的两张照片给我看，一支显示怀孕的验孕棒和医院的一份报告单。

三个月前，玉姐发现自己终于怀孕。小两口家里的气氛像吉卜赛嘉年华，他们跑去商场疯狂采购母婴用品，刷爆了一张信用卡。结果没过三个月，孩子掉了。

她把双脚踩在茶几上，下巴支在膝盖上，看着我。

那个幼儿园时，跟我一起在外婆楼下穿着公主裙比赛谁的裙摆转得大，转到内裤露出来都浑然不知的女孩儿，眼神落到如今，是如此瓷实滞重。

她的床底下，有一个箱子，里面全是打口碟，从她念大学，一点点攒起来。有时去东华电脑城前面的那条街上淘货，有时在春熙路的夜市也能捕获几张。还有新南门桥头，老板跟她最相熟，没带钱还能赊账。幸亏毕业之后，全部寄存在了另一个朋友家，才得以完整地保存下来。

每张碟片都有不一样的故事。有的运气好，打口打到边沿，歌都是完整的；运气不好，碟片会在意外的地方跳针、打滑，发出刺耳的声音，可能一两首歌听不了，或者听不全。它们都受过外伤，但伤没伤到要害，只有放进 CD 机里，从头到尾听一遍，才能揭晓。

2009 年，她结婚，悄悄对我耳语，说最想把粉紫色的花球抛给我，让所有的喜气都围绕在我身边。别人她真的不那么在意，而我过的是她一辈子都过不了的人生。

她说，有时，她会把我想象成她在平行时空的分身，我的一切都那么符合长辈的所有期待，令他们脸面有光，背脊挺直，脚底生辉。而她，却一次又一次地令他们失望、低落，活过大半生，还得一遍遍在暗夜拭泪，不知自己到底得罪了何方神佛，让儿女替自己受罪。

既然大家都是人生的新手，为什么活得天差地别，能力和运气，前者还有可塑之处，但后者，实在没有道理可讲。她似乎一直都在一片暗黑之中蜗行摸索，脏污、疼痛、绝境，都不肯轻易地放她走。

生活，曾经种着她的梦想，现在埋着她的梦想。

那一刻，我只想变成飞行员，三百六十度转着弯，载着她飞跃所有崇山峻岭，悬停在一片不起风波的水域。

我也想告诉她，即使我看起来灿烂有加，掀开里子，有太多她不会想去体验的苦涩和绝望。而这就是现实，想尝到那一点儿甜头，要走完一段不知何时到头的晦暗不明。

但我看着那排稀稀拉拉的养乐多空瓶，什么也没说，什么也没做，一言不发地坐着，分担着午后的沉默。

她曾无数次地提起，若是人生有复盘的可能，那她愿意再回到小学一年级，重新往后活一次，因为现在太苦了。而我回应她的答案也一成不变，我从来没有一刻产生回到过去的冲动，因为来时路太苦了。

讲故事的人从来只挑最精彩的部分讲，生活里哪一个人，不是有着千种姿态、万个故事。不过是同坐一桌，搓着这局人生的麻将，从凌晨到天明，没人敢说输赢。

生 活 的 样 子

里则林

人到了一定的年纪，才会突然开始对生活有了与以往截然不同的看法，而那么个瞬间，便是成长。

1

在我初中刚刚回到父母所在的城市时，住进了一个陌生的小区。按照规定，出入都要带一张门卡，在门口的感应器上刷一下，栏杆才会升起。

那时的我总是觉得麻烦，喜欢直接从下面钻过去。而门口有一个常年站岗的保安，那是我曾经最痛恨的人之一。每次都会过来拦着我，让我出示业主卡，我摇摇头，然后又要求我报出门牌号。我才用不耐烦的语气说出门牌号，并且每次报完，都要还以一个鄙夷的眼神。

那时我和所有生活优越娇生惯养的无知少年一样，并不知道尊重是什么。如此反复多次之后，终于我忍不住了。

在保安大叔再一次把我拦下时，我深知他一定认得我，觉得他完全就是没事找事，忍不住地破口大骂起来。保安大叔只是憋红着脸，并不敢和住户吵架，礼貌地对我说，这个的确是规定，没业主卡的必须询问，否则拿什么保证你们住户的安全。

听完他这一番道理，我更是想笑，心里只觉得他就是个有点儿小权力就要用尽的小人。我依旧鄙夷地看了他一眼，然后径直走了进去。那时的我，心里不但没有内疚感，反而是暗爽。

在某天下午，我在家里阳台傻站着，突然听到楼下大门方向有谩骂声，望过去，发现一个中年男人正指着那个保安大骂着。原因和我一样。

我看到保安大叔无助地叹着气向四周张望，眼里满是委屈和无奈。那天我才明白了，自己是怎么样伤害了一个尽忠职守的人。

那时我的骄横，完全只是来自当时的并不懂得，人和人之间不会因为社会分工的不同而产生高低贵贱。远远望着保安大叔，在这样一个炎热的夏日里，穿着规定的制服，汗流浃背，心里有一种说不出的内疚。

那天下午我带上门卡，在门口的超市买了两罐可乐，然后刷卡进了小区。我笑着拿手上的卡对着保安晃了晃，保安有点儿不明白尴尬地笑着说，对了嘛，你们出入带卡，大家都方便。我把可乐给保安，我说上次不好意思啊。

保安坚决不肯收，我说你那么小气吗。

保安挠着头笑笑，有点儿受宠若惊，然后接过了可乐放在一边。

后来那个保安每次见到我都对我微笑。

那年寒假，大家都在忙着过春节，我站在阳台，发现保安大叔依然在站岗。那天下着雨，天很冷。他一个人站在小小的亭子边，时而抬头看天，时而往远处呆望。

我皱起了眉头，那天的保安大叔，定格在了我那时年少的记忆里。我想他一定也有自己的亲人，有父母和孩子，为了他所爱的家人们不用在寒风中、烈日下像他一样站着而努力地站着。

是否他的苦楚和委屈，都会融化在这样一个信念里，融化在一个来自远方的电话，告诉他的孩子，爸爸很好。

2

初中毕业以后，我便离开了父母，在另外一个城市上着高中。

在那里我遇到一个小男孩儿，他每天下午六点会准时到他爸爸的小推车那里。他爸爸是卖山东煎饼的。

我经常经过那个地方会看到小男孩儿。他茫然地看着人来人往的街道，茫然地看着人来人往。他眼里总映射出一般孩子所没有的孤独。

他偶尔自己在旁边玩树下的小草，偶尔趴在一张塑料凳上写作业。到晚上九点多十点的时候，他困了就枕着小书包睡在爸爸手推车旁的一块硬纸板上。

我时常经过他身边的时候总是看着他，他也看着我，然后我对他眨一下眼睛，他却马上看向别处，仿佛害羞一样。

有一天晚上经过一位中年男子，小男孩儿的爸爸不小心把面糊溅到了那位中年男子的衣服上。中年男子大发雷霆，指着小男孩儿的爸爸开始骂。

按照我国的传统和习俗，瞬间就吸引了大规模的围观群众。

中年男子的说法是，这里本来就不准摆摊儿，摆了摊儿还要那么不小心，还要溅到别人。

小男孩儿的爸爸很窘迫，一个劲儿地道歉，脸上尽是无奈和委屈。

我透过人堆看到了小男孩儿，小男孩儿眼里满是惊恐和无助，紧紧地抓着爸爸的衣角。后来中年男子终于骂舒服了，走了。

小男孩儿的爸爸一个人默默地坐在凳子上，也许是在儿子面前丢脸了，也许是心酸和委屈。小男孩儿站起来，在后面轻轻地不断拍着爸爸的背。

小男孩儿的爸爸摸着小男孩儿的头，在远处我看到爸爸嘴里说着什么，也许在安慰小男孩儿，告诉小男孩儿他没事。

那时候我正好走到了后面。我扭头过来，看到小男孩儿爸爸落寞的背影，看到小男孩儿爬到了爸爸的腿上，然后抱着爸爸的脖子，脸对着我。小男孩儿就那样安静地看着爸爸，手轻轻拍着爸爸的背。眼睛里一扫往日的孤独，有的只是心疼。那一刻我觉得心酸又温暖。只是突然，小男孩儿的眼睛竟然一滴一滴地流出眼泪来。小男孩儿咬着嘴，也许在努力忍着，不让爸爸发现，手不断交替着擦自己的眼睛。

或许那时我才渐渐明白，也许生活有时有一种残忍的温情，在那些相依为命努力生活的人身上。

3

长到二十几岁的年纪，回到家里的厂实习。

在某次饭局上，我和小胡坐在一起。小胡是厂里的业务员，来这里两年了，平时不谈业务的时候沉默寡言，曾经我无聊陪他一起出去跑业务。他两手托着样品，一家商店接一家商店地屡受白眼，而他只是汗流浃背，保持礼貌的微笑。

我看到他在饭桌上时，被人戏弄，被人灌酒，而他做得最多的事情就是往锅里添菜、倒酒、倒茶、递纸巾、叫服务员、开酒瓶，还有强颜欢笑。饭桌上其他人叫我小伙子，叫他“喂”。

饭后，我负责送喝多的小胡回家。

我开着车，他坐在副驾驶座，酒气熏天。车里静悄悄，只剩下呼吸声，我顺手开了音响，飘出一个低沉的声音。我一看屏幕上的播放列表，张国荣的《取暖》。

我听着听着就觉得受不了，因为太沉闷了，想随手按掉。他却急忙用手制止了我，他用征求的语气跟我说，让我听一下吧。

我点点头。

然后他断断续续地说起这首歌，他上学的时候也觉得不好听，不过出来工作以后就觉得挺好的，只是很久没听了。

我们就这样安静地听着这首歌，路灯投射过来的光一道一道地刷过我们的脸，路旁没有一个人，路上也没有一辆车，天上挂着冰凉的月亮。

只是却突然耳边传来嘶哑的声音：

你不要隐藏孤单的心
尽管世界比我们想象中残忍
我不会遮盖寂寞的眼
只因为想看看你的天真
我们拥抱着就能取暖
我们依偎着就能生存
即使在冰天雪地的人间

歌声很难听，我转过脸看着他，他红脖子红脸跟着音响大声唱着，我却看见他眼眶湿润。

他沙哑地说，开下窗。

我刚刚一打开窗，风便凶猛地呼啸而入，但最让我措手不及的不是风声，而是他的哭声。

他哭得撕心裂肺，彻头彻尾。我的右脚掌不断敏捷地踩着刹车放慢车速，而他只是对着我摆手，然后脸埋在另一只手上，泪水从他手心里漫出来。

我不会安慰人。也不知道该怎么安慰他，所以我加快车速，让风来得更猛烈些。风声越来越大，像无数旗子在耳边飘扬，却不能盖住他隐隐约约的哭声。

不知过了多久，他渐渐只剩下抽泣了，最后慢慢地安静了下来。到他家楼下的时候，他红着眼睛，在旁边的水龙头用力地搓着脸，用手抚着眼睛。他眨了眨眼睛，有气无力地问我，还看得出来吗。我说有点儿。我知道他老婆还在等着他。

他又冲了冲眼睛。我问，很不容易吧。不知道为什么，问完这话，我感觉眼睛有一种泛红的冲动。

他只是以为我问的是眼睛，他说没事，喝过酒也差不多这样。接着对我说了一些不好意思和道谢还有回去路上小心之类的话。

最后他站在晚风里，用力挺直了腰杆儿，扯了扯衣服，用纸巾把脸上的水擦干，咳了两下，吞了一口口水，然后深吸一口气，挺起胸口来，对我笑了笑，提着包上了楼梯。

我抬头看着面前这栋老旧的楼房，楼道甚至没有一盏灯，听着他疲惫沉重的步伐声，整栋楼黑压压地立在我面前，沉默而冰冷。我想他马上就要回到那个简陋却温暖的地方，他的脆弱不会让自己的老婆看到，他仍是一个身高一米八的大男子汉，在他年幼的孩子面前，他依然顶天立地。

我看着他起早贪黑，看着他回如此简陋的家，看着他面对客户的时候手有意无意地遮住衬衫上没有纽扣的扣子，他总是有礼貌地笑。只是生活对于他是怎样的寒冷，以至于他喝醉以后，听了一首沉闷的《取暖》以后，能哭得像一个孩子。

4

我曾经以为活着就是每天看太阳东升西斜，月亮阴晴圆缺。

只是岁月总会领着我们一路前行，在沿途里，捡到自己所碰见的答案。

当年少时的轻浮和空洞被成长所填充，才明白一些挂在嘴边诸如

“责任”“坚持”这样的褒义词为什么是褒义词。

人到了一定的年纪，才会突然开始对生活有了与以往截然不同的看法，而那么个瞬间，便是成长。最终在那些你以之为镜的人身上明白，生活也许时常残忍，但残忍里的温情和感动，坚持和付出，依然努力地去生活，才是真正的难能可贵。

真 相 在 你 手 里 吗

羊乃书

世上没有绝对的真相，但我们可以无限追索，试图不断逼近它。像是面对一件精密的仪器，要用胆量、逻辑、专注、耐心、细致，去把它复原。

几年前，我在一家电视台实习。

总编室的领导翻了两下我的简历，把我安排在了一档法制调查类栏目。

每个实习生都会安排一个辅导老师，带我的编导，我管他叫曹君。

曹君长得憨头憨脑，一开始我觉得他大不了我多少，后来才知道，人家婚早结了，儿子都三岁了，人生赢家。

刚开始，我每天的工作就是送录像带，陪主持人进棚录像，转写记者采访的视频，坐在编辑室里面做简单的视频剪辑。

带子是20世纪90年代家用录像机那种，大卷大卷，堆成一高摞。栏目组的办公楼与电视台主楼隔着一条马路，我抱着它们，下四楼，过马路，坐电梯上三楼，放在各栏目的专用柜里，再抱着一摞已播出的带子，坐电梯下三楼，过马路，上四楼，放在负责后期的老师的办公桌上。

曹君一半的时间都在外采访调查，我便像独守空闺的怨妇，窝在窄小的格子间里，听着全国各地费解的方言，一个字一个字在键盘上敲出来，以便之后做成字幕。

半个月过去，我感觉青春快在这种简单而无聊的重复劳动里消耗殆尽了。于是，每次看曹君出门，都软磨硬泡让他把我捎带着出去看看。曹君一边装出一副义正词严的表情，一边尴尬地笑笑："台里有规定，不让带实习生，嘿嘿，嘿嘿。"

我默默在心里把他狂扁一顿，走回隔间，戴上耳机，继续看着一个大妈满脸愁容地向着镜头诉苦，那是一期关于土地问题的节目。

头天晚上跟朋友在街边吃串串香吃到大半夜，昏昏欲睡。

制片人从里间办公室风风火火走出来：“曹君，吉林那边出了个高中生的命案，你联系摄像，立马赶过去，拿到第一手调查。”

我顿时清醒过来：“我申请，自费一起去，学习。”

制片人愣了两秒：“行。”

风急火燎地买了最早到长春的机票，曹君一路上都在联系当地媒体的熟人，同时在头脑中规划着采访的思路，嘱咐我密切关注网络上随时可能出现的最新消息。

看得出他的清醒绷得很紧，但久经沙场，又透着淡淡的从容。

这是我第一次不带行李出远门，事件永远是突发的，命令也不知道什么时候会来。大概干这一行的人，必须对随叫随走的节奏习以为常。

整个节目组像是一支训练有素的军队，散发着浓郁的雄性荷尔蒙味道。每个人都长着一只猎犬般敏锐的鼻子，能第一时间嗅到新闻。

原计划是先到医院。飞机刚一落地，曹君就接到电话，说人已经不行了，去殡仪馆吧。

三个人紧接着就往殡仪馆撵，刚到门口，已经围了不少记者，一个女人号哭着："放那个棺材里头，嘴就往外渗血，碰一下就淌血，止不住，后来拿毛巾垫着。"

我汗毛登时竖起来，即使因为人多而显得闹哄哄的，一股恐惧，一下子攫住了我，像是被人一把抓起，关进地窖。

事件的主角是两个高三的学生，陈鹏和田浩，在篮球场上发生了口角而大打出手，后来由于社会人员的介入，事态失控了。

曹君把我从人群中拽出来，说这儿人太多，先去事发地点看看。

那是一家再平常不过的体育俱乐部，占据着一幢三层高的小楼，硕大的招牌霓虹闪烁。门口的保安显然已经对不断到来的媒体不再感到新鲜，看了看我们的证件，就放我们进去了。

这里照常营业，生意火爆，二层的所有篮球场地都被占满。

只是地上血迹犹在，斑斑驳驳，触目惊心。

“冲了，但冲不干净。”清洁阿姨说。

曹君开始对着镜头讲话，我下楼，走到门口的保安身边，跟他一起，看着夜晚马路上流浪的车灯，拖成一道柔长的红色光影。

“您当天值班吗？”

“嗯。”

“当时来了多少人？”

“二三十个吧。”

“都拿刀？”

“每个人都拿。”

“能确定这些人是孩子母亲叫来的吗？”

“他们问那孩子的父亲，说姐夫怎么办这事，他姐夫说都孩子打啥呀。”

“然后呢？”

“孩子他妈就说：‘你们给我砍，砍死了也不用你们管，我们都有人，就是杀了他也行。’”

十月的长春，夜晚已经很凉，比起南方的秋天，这里的秋天来得更为彻底。稀少的灰尘和汽车的鸣笛，随着一阵凉风而来，我竖起衣服的领子。

疼痛的呻吟、焦虑的面容、消毒水刺鼻的气味，交织在田浩昨天被送往的医院。但他住过的病房已经住进了新的病人，看不见一丁点儿留下的痕迹，而他不过是中午时分才从这里被拉走而已。

曹君轻车熟路地找到了科室。

穿着白大褂的医生坐在办公桌后，病历堆在桌子旁。曹君说明来意，医生略显不耐烦，但并不妨碍他顺利拿到一份手术记录。

大家在走廊的排椅上坐下来，细细地看那页纸，我也伸过头去。

密密麻麻的小字，用极为浅淡的墨水，漫不经心地叙述着田浩的伤情。我用目光一扫而过，迅速捕捉到了几个关键词，显示身体部位“断裂”的字眼多达九处，“骨折”的字样出现了三次。

在此之前，曹君已经拿到了一份还未流通出去的视频资料，三十五秒。

三十五秒的视频里，田浩躺在病床上，伤痕累累，左手腕部几乎被齐齐斩断，只剩一点儿皮肤连接，右手腕的伤口也非常严重，头部有好几处刀伤，刀刀见骨，身上缠紧的绷带不停地渗出鲜血。

“妈别碰我，我浑身疼啊。”

“哪儿疼？”

“哪儿都疼，你别碰我了。”

我感到身体不受控制，四肢往回缩，背紧紧靠着墙，想要找到一个支点。

我们又驱车赶回了殡仪馆，那里聚集的人明显比之前少了。

曹君在灵堂里，找到了当时跟田浩一起打球的同学。十七八岁的少年，脸上还留着稚气，眼神中的慌张和惊惶让那些一米七八的大男孩儿们变得有些令人心疼。

“能跟你们聊聊吗？”

两个少年点点头，随我们走到外面的花台边坐下。

“谁先到的球场？”

“我们跟陈鹏。”

“那田浩呢？”

“他们后来。”

“怎么打起来的？”

“两边的人发生了身体碰撞，就打起来了。”

“谁先动的手？”

“没看清。”

与俱乐部保安叙述的平静不同，他们的回答显得格外隐忍。那大约是因为被悲痛兜头浇下，是命运给尚且年少的他们，一记沉痛的重拳。

“没关系，你就说你看到、听到的就可以了。你参与打架了吗？”

“我看到他们打起来了，就往前走了一步，被打倒了。”

陈鹏的眼角在厮打中受了伤，便立马拿起电话打给父母。十几分钟以后，陈鹏爸妈就开着一辆奔驰赶了过来。

“有人砍过来，我躲开了。田浩开始就挡，挡完之后就跑，但没跑得掉。”

曹君提问的速度很快，一环扣一环，严丝合缝。

男孩儿将头深深地埋入两手之中，那是极为血腥残忍的记忆。田浩就如一只任人宰割的羔羊，在数个成人的围殴之中，发出绝望的呼救。

背后的殡仪馆大厅里亮着清冷的灯，我不知道这样的提问，对于此时的他来说，是否显得残酷，突然有些于心不忍。

随后，是叫来打手的陈鹏家人将田浩送到了医院。

“陈鹏他妈是背一兜子的钱来的，当场拿了四万，说事就能解决，他家开煤矿，不差钱，就有钱。”另一个同学低头把一片落叶折成三折，回答我们。

走过最后一抹夜色，回到宾馆。

当天晚上，新闻就出现在当地的报纸和网站上。曹君也把采到的画面先传了一部分回台里，剪成预告片。据田浩家人和同学透露，陈鹏家庭背景殷实，网友很快就给他贴上了“富二代”的标签，一边倒地声讨着陈鹏家人令人发指的行径。我默想着事情的来龙去脉，觉得一切已经水落石出，兴许明日晚些时候，就可以打道回府。

神思不稳，睡得很浅，凌晨五点四十便醒来。

天微微亮，晨光顺着窗帘的缝隙溜进来，温温软软地洒了一地。

曹君急切的叩门声，生硬地打断我暂时的放松。我打开门，看见一张面带倦容的脸，但他讲话的频率暗示了，此刻他的大脑再次进入高速运转。

他双手托着一台电脑："昨天凌晨出了这篇帖子。"我瞄过标题，《陈鹏与田浩事件真实过程，如有虚假，天打雷劈》。发帖人自称是陈鹏的同学，事发时也在现场，我很快浏览完，看到田浩在里面，被形容成一个嚣张跋扈、有意找碴儿的"校霸"。就是这篇帖子，一夜之间迅速扭转了网络舆论的形势。有人说田浩仗势欺人，有人说他罪有应得。

就在我们准备出门采访的时候，另一篇跟帖出现了。

这篇新帖尽数田浩在学校的种种劣迹，诸如欺负女生，将其打致胃出血，他家也是"富二代"等等。

事件似乎愈加扑朔迷离，在种种不断浮出水面的说法面前，真相哑口无言。

我们赶到田浩家中，头天晚上还面对我们镜头的田浩妈妈和姐姐，此刻闭门不出，拒绝接受采访。

朴素的灰色居民楼，最寻常的防盗门，深紫，细看有些锈迹。敲起来，便知道只是一层铁皮，单薄而空洞。我们守在门外，几乎是跟他们喊话，但回应始终只有一个字：“不。”偶尔传来剧烈的咳嗽，我把耳朵贴着门，听到痰卡在喉咙深处，浑浊的呼呼噜噜的声音。

走出小区，拦下一辆出租车，曹君问：“师傅，可以抽烟不？”

“抽一支吧。”

曹君顺手也拿一支香烟给他。

摄像大哥也燃起一支。

三个男人就这么默然地抽着烟，车开过一闪即过的路口，开上不知名的高架桥，疾行在穿梭的车流里。

一夜未安眠，曹君的眼睛下面有月牙形的黑眼圈，面色寂然。我想起他说过，干电视这一行的辛酸，如今大抵能感受些皮毛。要是想要挣钱，这绝对不是条好路子。

它仅仅在很偶然的机会下，才让人名利双收。尤其是做调查记者，风里来雨里去，活脱脱一个新闻民工，拿的工资仅够养家糊口。自己的名字在节目片尾打了六年，但没人记得住，可是他喜欢穿梭在错综复杂的生活里，因为不同的调查对象，而活过很多种不同的人生。

我问他，到底相信关于陈鹏的消息，还是田浩。

曹君轻轻吐烟圈，说自己只相信真相。

真相是什么，能让人吃饱穿暖吗？

师傅推起“空车”的标志，付过钱，我们打开车门下去。

这里是田浩就读的中学，位于长春的闹市区。

怕行头太明显，曹君让摄像在校外等着，自己拿着偷拍机器，挡在外套下面，想要进入学校。

他谎称自己是学生家长，要去找班主任了解孩子的情况。门卫从值班室里拿出一份全校学生的花名册，照章办事的姿态：“你孩子哪个年纪哪个班，叫什么名字。”

“妈的，这招太狠了。”曹君在心里悻悻地骂。

“你怎么不强行冲进去，电视上记者不都那么干吗？”等他走过来，我问。

“每一个决定牵扯的问题都很复杂，不能蛮干。校方拒绝，是出于自己的考虑。不要一遇上难题就硬碰硬，那种画面很热闹，没错，观众爱看，但并不是职业素养的体现，我们可以想别的办法。”

摄像大哥买了三根冰棍过来：“降降火。”都十月了，降什么火。

我们在校外一直苦等，等到学生放学，汪汪地一波一波涌出来。

曹君三步两步赶紧追上前去，终于找到了田浩的同班同学。毛头孩子们面对镜头措手不及，说出来的话基本是条件反射，要不没听过这事；了解的人，都说他不过是老实的高三学生，偶尔调皮，但老师的话也都听，为人豪爽仗义，朋友被欺负就想去帮一把。

折腾了一圈，再次回到了那个体育俱乐部，篮球砰砰地在地面上砸出声响，像是蓬勃而有力的心跳。

我们仨坐在一个篮筐底下，面前那些年轻的身体，挣脱地心引力的束缚，轻盈地跳起，收束于一个漂亮的扣篮动作。

身后的人群一阵拍手叫好，场上的男孩儿们汗如雨下，脸色泛红，使劲儿的时候能看到凸起的血管。我下意识摸了摸自己的皮肤，摸了摸跳动的脉搏，也许这就是生命最温柔、最完整的体现。

我们在长春又待了一夜，事情变化的速度远远超过预料。

第三天上午，从警方那里得到确凿的资料，陈鹏的父亲并没有经营煤矿，只是煤矿开采相关设备的个体经营者，家境确实不错。但死者田浩的家庭并非如外界传言，有两家公司，不过是普通的工薪家庭。

在那段惨不忍睹的视频里，田浩不断地喊疼，特别特别疼。

就在之后的几分钟内，他的手臂开始渗血。医生说，大动脉折了，刚才没出血是因为血栓堵上了，这会儿就嗤嗤冒。

他临死的时候，连自己的父亲也没见上，医生一直做人工呼吸，其实心脏已经死了。

十几分钟，毁了两个家。积沙成塔难，让它坍塌却可以不费吹灰之力。

采访完成，曹君像突然想起了什么似的，转过头来。

“以后别再问别人，你相信谁。”

“嗯？”

“只有愚蠢的调查记者才问这种问题。”

他说起他刚干这一行的时候，见到有人哭就觉得他说的铁定是真的，有人给他塞好处费就觉得内情有猫儿腻。后来经历多了，也没那么傻了，哭可能是逢场作戏；而塞好处费，有时其实是绝望之中，别无他法的下策。他开始从各种眼神里看出真真假假、虚虚实实。

我一边唯唯诺诺地应着，一边又甩出一个令他始料未及的弱智问题。

“你觉得这期节目要得出什么结论？”

“为什么要有结论？”

节目的落点不是结论，也不是为了要解答所有的问题，它更多是一种呈现和还原，但不能将自己的判断强加给观众，不能粗暴地强奸他们的想法。

“可是，可以百分之百地还原吗？”

“几乎不能。”

钴蓝、湖蓝、靛蓝、碧蓝、蔚蓝、宝蓝、藏蓝、黛蓝、瓦蓝、湛蓝、锐蓝、水蓝、孔雀蓝，它包含着若干可能性，潜藏着人们了解或永不知晓的隐情。因此所谓的诚实，仅仅是一种局限性的诚实，尽管我们尽力去还原，但从理智或情感上，都做不到。世上没有绝对的真相，但我们可以无限追索，试图不断逼近它。像是面对一件精密的仪器，要用胆量、逻辑、专注、耐心、细致，去把它复原。

曹君完成一期选题的周期大约是一周，每次都冲锋陷阵全力以赴。周而复始，像神话里的西西弗斯，推着那块沉重的巨石，到了山顶又不可阻挡地滚落下去，一遍一遍地重来，从纷繁的细节入手，错与对，未知与已知，实话与谎言，融于一炉，必得以锐利的目光，穿过荆棘丛林的迷雾缭绕，抵达原点的真实。

我离开那个栏目以后，还常常去网上看曹君负责制作的节目。到了后期，他胆子越放越开，迎着那些重大选题逆流而上，手法愈加细腻，层层剖解，揭开一个又一个复杂的斯芬克斯之谜。

正如他所说，他并不能理解每一桩事件的全部，无人可以，但每一次理解、努力和尝试都不会没有意义，它构建着我们所处的时代，使我们成为我们。

被提前的和被拖延的

倪一宁

你其实从来都只是身临其境，没有试过从安全区越境。

我最近时常有一种感觉，我在把15岁、25岁、35岁混着过。

15岁的那个我，惊异于中国史助教英俊得古今咸宜的脸，一冲动就拿了期中考满分；25岁的那个我，整日对着橱窗算计着巴黎世家的新包，盘算再写多少字就能拥它入怀；35岁的我，跟我妈聊谁家女儿出国勾搭上了南汇首富，埋怨她当初心疼每年50万，现在损失了500平。

但事实是，今年我刚满20岁。

那次买票进影院看《致青春》，跟屏幕上的剧情相比，观众席上的反应更戏剧性。旁座跟我年纪相仿的女生，不断输入短信又逐字逐句删除，哭得肝肠寸断。陈孝正在开水房里咆哮着说分手的时候，很多女孩子悄悄戳了戳男友的手臂，低声说你看，现实多残酷。

对着一圈平均年龄不超过 25 岁却代入感强烈的观众，我很想拉住他们问一问：明明过的是牵手上自习的日子，怎么就能感同身受抉择前途和爱情的严苛命运？

可转头一想，我自己不也是吗，排除了确定毕业要出国的，因为知道异国恋肯定分；排除了偏远农村的，因为讲究成长环境相似；排除了父母离异的，因为相信家庭环境对人的潜移默化影响；甚至排除了打飞的看 NBA 球赛的富二代，因为我妈反复强调“门当户对”。

排除选项，所谓的“雷区”，我一个都没踏入过，对我而言，它们都只是教条而非教训。但我仍然恪守了，不只恪守，我还用阅读来装点门面，把那些枯燥的“老人言”修饰得有理有据，声情并茂。

我把四十岁的慨叹强行移植到自己脑袋里，还靠那点文学素养把它修剪得枝繁叶茂，旁人看了都一阵恍惚，以为背靠这棵从未扎根的大树真的能乘凉。

当然，这事也不能怪我，放眼望去，20岁的男生们在机场励志书架前翻阅李开复、曾国藩，女孩子们被妈妈耳提面命“相处久了都一回事，还是房子靠得住”。我有靠倒卖小米手机赚得第一桶金的朋友，有第一次约会就套出对方住址的朋友，有深谙出国申请潜规则的朋友，有讨来Gucci空纸袋摆拍的朋友，他们活得很好，在成功人士的道路上一往无前，春风得意马蹄疾。只是我有时跟他们聊天，脑袋里会蒸腾起一个念头——20岁的他们，怎么跟饭局上剔着牙说秘闻的叔叔伯伯，麻将桌上攀比镯子材质的阿姨婶婶差不多。

这样也就不难理解，为什么《同桌的你》这类瞄准20世纪80年代大学生的怀旧情结的电影，会同样精准地射中90后的心脏——我们也有过碰到对方手指都红着脸躲避的年代嘛，只是被提前到了初中；我们也有过机场依依惜别的桥段啊，只是那年才读高二；等到了大学，我们已经学会了跟市场经济互联网时代巧妙周旋——搞创业的知道要噱头，搞学术的全靠导师，女人嘛，干得好不如嫁得好，文凭只是敲门砖。也是，发福的高晓松都娶了又离了90后美女了，你凭什么不从白衣飘飘的虚妄时代抽身？

杨绛说，问题在于读书太少想得太多。要我说，我们书读得不少，吸纳得也挺多，只是聪明到不敢试错。干脆承认吧，我们这一代，其实都是默认了“预设方案”的人。

都还没有见过海，就知道该在海滩上用手指写下姓名圈个爱心；还没有见过山，就知道要在登顶时高高跳起抓拍矫健身影；还没有尝试初恋，就知道它必定夭折只留下日记里语焉不详的怀念；还没有坚持初心，就知道现实嶙峋得一塌糊涂，理想主义者必定粉身碎骨。

我们都太迷信别人的经验，靠阅读和辗转听说，透支了对未来的期待和新鲜感，以后哪怕去了海边、登上高山、吻了初恋、拥抱了理想，也只是一场按图索骥。你拿着旅游攻略摸索到了那条小巷子，点点头说和别人的描述差异不大，然后比起V字合影留念，好了到过了，接下来就该返回故地继续寻常人生。

你其实从来都只是身临其境，没有试过从安全区越境。

但另一面，不断被提前人生步骤的我们，又特别擅长往后推延。

几乎我所有的朋友，都爱设想“以后有了钱”的场景。高蹈一点儿的说要捐款做慈善，清新一点儿的说要环游世界，家国情怀的说要扶助西部贫困县，精英主义的要送孩子出国接受最好教育。对他们而言，人生是分成两截的——前半段为生计打拼，为爱马仕毛毯卖命，每天坐地铁去陆家嘴上班，后半段爱咋咋地高兴了也能顺手支持一把高喊口号的年轻人，至于具体要多少钱才能切换人生主旋律，他们不确定——“反正是很多很多，多到能够提供安全感，能够任性地支配人生”。

可是，既然对人生不是别无他想，为什么不能以20岁为起点，非要以40岁、50岁，甚至80岁为端点才开始践行自我呢？

他们用那种垂怜的眼神看着我，循循善诱：“你知道gap year一年，对将来找工作影响多大吗？你知道去西部支教，等于耽搁了多少前程吗？你知道两个外省人在一线城市供房贷有多艰难吗？你知道跟艺术搭边的工作有多难出头吗？不是谁都能试错的，犯错需要资本，只有父辈提供了充裕的原始积累的人，才能在撞墙后迅速回头，我们普通人都是踩钢丝，一失足就是落尽山谷，永不翻身。”

很长一段时间里，我也相信这是真理，就像相信40岁前拿健康换财富，40岁后用财富换健康是成功的铁律。但，看多了40岁后积重难返的身体状况，我就开始困惑——40岁怎么就能成为一个转折点，硬生生把人生拗到新的方向呢？就像一个成天大嚼汉堡拿可乐当水喝的人，怎么能突然习惯吃素一样，一个从来都在为更高的经济效益奋斗的人，怎么就能突然拥有社会责任感呢？要是前半生都在不择手段地原始积累，要怎么在 40 岁时捡回初心重新划定道德底线呢？

再则，非要拥有足够财富，再来谈奉献、谈梦想、谈实现自我价值的话，这个“足够”是要多够呢？要知道，安全感这玩意儿，比爱情还不可捉摸，高更流落荒岛双眼失明都觉得自己坐拥一切美妙。就算这个“足够”可以有确切衡量的指标，发财的也就那么几个人，那剩下的，全都任由灵魂逐渐干涸，寸草不生吗？

虽然唯物主义教导我们，经济基础决定上层建筑，但仔细想来，一个人的社会责任感，真的必须以经济发展为条件吗？一个毕业生选择职业时不热衷于跟大潮，一个美女考量伴侣时不纠结房子多少平，一个官员做决策前想一想底层，需要拖累多少 GDP 呢？每次看到有人用资源很匮乏、经济不发达来为年轻人的利己主义开脱，我都会想，房价和梦想之间，名表和责任之间，钻戒和真爱之间到底有什么关系呢？

所以，在近年的国产烂片热潮里，我最痛恨那类“校园里你侬我侬，一毕业就你死我活”的戏码，就像 40 岁不会成为人生主旋律的分水岭一样，一扇校门从不能阻隔纯真和市侩，踏入社会后随波逐流的人，本来也就是在考试前缠着老师套题的人。他们怀念所谓的干净的初恋，也就像《雷雨》里的周朴园怀念鲁侍萍一样，只是为了证明胸腔里还有心脏跳动，血管里尚存一点温热，赶她出门时，下手可是干脆利落。

退一万步，就算现实真的步步紧逼，情怀节节败退，你也先勉强交手几个回合吧。这世界才刚虚晃一枪呢，你别掉头就跑。

第五部分

世事如歌，总有一首适合你的

最好的友情，
不是陪伴，
而是你有足够的能力，
在他们需要你的时候，
给他们最大的帮助和支持。

如果没有末日，我们还要过日子

这么远那么近

告诉自己，咬着牙走下来，慢慢你会发现，其实自己远比想象中强大和坚强。

又是一年的最后一个月，又是一个冬天。这几天大风降温，我出差在外地，看着北方的气温直线下降，心里竟然隐隐有一种想让它再降低一些的想法，看看这样子的鬼天气能不能坚持一整个冬天。

我有一个公共微信，每天晚上会上去瞅瞅，回复一些人的问题，这样折腾了几个月吧，自己没有额外得到什么好处，倒是做了知心大叔，每天微信上的回复多则五百条，最少也有一百多条，除去那些回复编码看文字找资料的四十条，一般都是在跟我这个“陌生人”交谈，其实说不上谈话，因为我回复不够及时，大部分时间我都是过几天看到那些留言，然后一条条回复。

几个月下来，我慢慢摸清了一点儿规律，那就是凡是给我留言的，基本都是诉苦的，不管是学生还是成年人，不管是男人还是女人，我都可以从里面找出经典案例分享给你。他们在这里讲述的，是他们的苦恼。总结下来，无非就是人生太迷茫，没有目标，人际问题，情感问题，家庭问题。

凡是大家能够想到的问题，都能够在这里对号入座，而我每天晚上要做的事情，就是点进去，听他们的那些诉说，然后说一些开导劝慰的话。学习不顺利的要说更加努力相信你一定可以，没有目标的要说回到起点看看你的来路知道自己要的是什么，人际问题就说沉默是金不要一味钻牛角尖，情感问题就说不要悲伤更好的还在前面等着你，家庭问题就说沟通是解决的根本不要再折腾了。

所以你看，我基本上每一个问题都能够找到一个套路，然后对着不同人的类似问题，反反复复说着这样的话。当然，我不是说这样子不好，我很高兴大家把我当朋友对我倾诉，或许他们要的不是一个答案，而是一个安全树洞，只是我自己静下心来想想，你真的，足够了解你自己吗？

你是否了解过这样的自己？不完美、不美好、不上进，甚至都不认识这样的自己，痛快地咒骂一些人事，让内心中的小魔鬼完全占据内心，哪怕只有十分钟，好好用自己的头脑发泄自己，然后再做回那个平日的自己。

我有时会这么做，抱怨工作、抱怨朋友、抱怨家人，然后想想了事。或许有人会觉得这样子太不应该，其实我所想的，仅仅也是想想而已。还是生活在这个世界的我们，连这种不美好的想法都不应该有呢？那也太 × × 了，谁规定的？

在微信里遇到过最多的问题，就是大家都在抱怨，抱怨自己、抱怨旁人、抱怨家人、抱怨朋友，诉说自己有多苦多累。有人曾经问我，远近你那么忙，不会累吗？说不累是假的啊，就在前几日，我已经累到完全不能够动脑，感觉自己马上就要奔着崩溃了，连续的开会和整日的做方案已经让我麻木到忘记了身体的存在。在忙里偷闲抽烟的时候，站在高高的窗子前看着外面的世界，那时竟然有这样的想法，要是从这儿跳下去，绝对死得连妈都不认得了……

每次到了这样的临界点，我都会告诉自己一个词，其实很多人都和说过自己的烦恼，在公共微信，在豆瓣邮件，在微博私信，我都会告诉他们，最让人疲倦的不是你工作的忙碌，而是内心的烦恼，最让人颓废的不是前方路的难行，而是你自信的崩塌，最让人痛苦的不是生活的不如意，而是你内心希望的熄灭，最让人绝望的不是挫折的一次次打击，而是你内心中的死亡。

所以，我都告诉他们，忍无可忍，从头再忍。

其实这个世界上许多事情，只要你肯动手去做，就不难。俗话说得好，万事开头难，有人问我，难在哪里？如果早几年，我会这么告诉他，难在事情的头绪，难在一切开始的麻烦。但是现在我不这么认为了，难在每个人都有懒惰的心，因为怕麻烦而不去开这个头，久而久之，就觉得事情太难，承认了自己的无能，于是，就以懒惰作为开始，以懦弱作为终点，那么一个懒蛋就变成了弱者。

有时人就是很贱的，你若是安逸，就越是懒惰，你若是紧张，告诉自己，咬着牙走下来，慢慢你会发现，其实自己远比想象中强大和坚强。不要低估了你自己，其实你也不知道，你究竟能走到哪一步，那何不试试看？反正你就活这一回，不试一下，对得起你自己吗？

如果你真的尝试过了，不管结局是如何，都不会后悔，你做到了不负自己的内心，那么我肯定，生命不会亏待你，不是有那么一首歌吗，上帝保佑了吃饱了饭的人民。

我记得电视剧《我的青春我做主》里有这样的情节，大意是，我们都是蚂蚁，却偏偏要羡慕大象能够搬得动那么大的东西，自己却搬不动，但是蚂蚁有蚂蚁自己的心腹，就算是蚂蚁，都有眼睛鼻子耳朵，可以搬运比他们庞大很多倍的食物，所以你不要羡慕大象，你有自己的事情要做，你有自己的小世界要经营。如果你一直羡慕大象，但是你一辈子又成不了大象，那么你要怎样？

换而言之，就算是蚂蚁，都有眼睛鼻子耳朵，都可以齐心合力搬运食物，千辛万苦回到自己的家。何况是如此高大的你？所以，收起你内心抱怨的魔鬼，拿出你的实际行动。你需要明白的一点是，在所有美好到来之前，必然要经受各种的不美好，而创造美好的代价也是相当沉重，要不断地努力，经受考验。其实我是亲自走过了那些曲折道路之后,才敢说出这样的话,否则我会一直相信所谓的“幸运”和“机会”，根本没有什么理所当然，你所要做的就是认定了它，然后扎扎实实去努力吧！

不要再问我为什么看起来精力充沛，不要再问我怎么可以不迷茫不感觉痛苦，不要再问我为什么努力得不到回报。你问问，谁的人生

不苦 × ？谁的经历不曲折？每一天我基本就是这么过来的，所以，你和我没什么不同，你也可以。我经受的挫折和打击绝对不比你少，所以我能挺过来，你更可以！

记得有位朋友说得好，你不断努力，都是想要成为一个普通的人，而就算你再普通，也因为你那颗特别的心。

一 地 往 事

羊乃书

尽管一切看起来都尚显生疏，笨手笨脚，但李渔却比任何一刻都努力。她并不知道那个女人是谁，他们什么时候认识，在一起有多久，唯一明确的是，掂量起男友对她和那个人的重视程度，现在她处于劣势，随时都岌岌可危。这种让她汗毛直立的紧迫感，逼迫着她一点儿一点儿拾起一只备胎的自我修养。

备胎真是个奇妙的角色，不管过去多么傲岸、不可一世，都能收起所有的棱角、刺头，温顺得像只可以被随意抚摸的小动物。

李渔邀请我去她新家做客的时候，我几乎一直张大着嘴。三层小洋房，古典大门雍容气派，门厅挑高，繁复的水晶吊灯发出炫目的光亮，客厅的整面落地窗外，草坪青绿青绿的，雪白的萨摩耶正追着黄色小球，上蹿下跳。

“都是我自己赚的。”李渔扯过沙发上的羊毛毯搭在腿上，自顾自地端详着昨晚刚做的美甲，一只灰色的短毛猫敏捷地跳入她怀里窝起来。

李渔大我两岁，是邻居陈阿姨的女儿。毕业招聘季的时候，优哉游哉地稳坐军中帐，不为所动。她家并非堆着金山银山，充其量算吃穿不愁，不过从小的娇惯使得她并未深刻意识到，养家的重任已如此迅疾地来临。

都说毕业季等于分手季，李渔还偏偏在毕业季谈起了恋爱。

男友是北京来的，听别人说背景殷实。爱慕虚荣的姐妹都说她福气好，攀了高枝。李渔也这么想，于是更加放任自己不找工作的想法，打算毕业就跟男友双宿双飞。

为此，她跟父母大吵一架。李渔怎么都不信，就算现在待业，去了京城，手握大学文凭总不可能连份工作也觅不得。

她从机场快轨换地铁十号线，转到四号线，男友发来的地名，在四号线的末尾几站。她太困了，倚着栏杆，昏昏沉沉地，没想一恍惚就睡了过去。

醒来抬头一看，已经坐过站，猛地冲出车厢，换乘对面的列车倒回去，一摸包，钱和手机都没了。

出发以前，她在谷歌地图上搜索过这个地方，约莫是五环开外。眼前的景象也与她最坏的猜测符合，楼房大多新起，连建筑本身似乎都有种生硬的不适，空旷马路上来往的车辆，掀起几米高的扬尘，呛得她连退几步，路人步履匆匆，生之疲态不带遮掩地显现脸上。

这就是北京吗？是她日思夜想，梦想膨胀的北京吗？

至于男友背景殷实的言论，如今看来也不知是何方可笑的传言。李渔感到两颊火辣辣的，像被扇了个利索的耳光。

大风刮得她失魂落魄，总算在下班的钟点，等到了同样焦心万分的男友。

见面十分钟，俩人就闹了不愉快。

男友说回家做饭，她却说头一天来，应当出去好好吃一顿。可惜这五环开外的地方，没什么像样的饭馆，全是些李渔看不上眼的苍蝇馆子和令人望而却步的公款消费会所。

两人悻悻回了家，刺鼻的装修气味让她皱起了眉头，男友说这里房租低，可以住单独的公寓。若是搬到城里，同等价位只能跟别人合租在老式居民楼内，公用客厅、浴室跟厨房，很不方便。

李渔翻了个底朝天的白眼，什么都没说，把行李箱靠墙一放，就洗洗睡了。

半梦半醒间，她感觉到男友在吻她，没好气地一掌推开，背过了身。

隔周，男友就叫来了搬家公司，把小窝挪到了东三环。李渔发现，就算吃同样的炸酱面，这里的面也比五环外的香多了。

可奇怪的是，男友领她进屋时，面色有些难堪，极其敷衍地跟坐在客厅看碟的一对夫妻打了个招呼，声音低微地说："这是我女朋友。"离他们近的妇女斜眼瞄了一眼，问住多久啊。男友歪歪嘴角，说住不了多久。

刚关上卧室的门，男友就先捂上了李渔的嘴。

他解释，客厅坐着的是房东夫妇，因为家里出了点儿事急需用钱，才不情不愿地把房子清出一间租出去，价格划算。当时谈的时候，他们就再三唠叨不要带女朋友回家。

李渔被汗涔涔的大手捂得只能哼哼唧唧地叫，她想了想，这世上哪有不受气的地儿呢，不过是受不同的气罢了。

在整个居民区都飘荡着的油腻饭菜香中，他们总算是享受了见面后的第一次欢愉，因尽力抑制着隐秘的快乐，而获得了一种偷情的快感。

转眼一个月过去，李渔基本适应了天干物燥的气候与寡淡如水的日常生活，准备找份工作做。

求职网页开得密密麻麻，报纸上红笔蓝笔圈得重点难辨，递出去的简历像人间蒸发一般，通通没了音信。

来的地铁上就丢了所有盘缠，如今她身无分文，男友的工资也并不高，除去房租所剩无几。

她渐渐感觉到，最近几天，他说话的语气不大对了，下班回家不再主动进厨房做饭，对她躺在床上吃薯片看电视剧的行为也流露出了明显的不快。迟迟没有工作削弱了李渔初到时的傲劲儿，她拍了拍洒落在床单上的薯片渣，第一次走进了厨房。

从没炒过菜，拿不准该先放油还是先放食材，于是把肉菜都一股脑儿地往锅里倒。结果肉还没熟，菜先蔫儿了，迸出的大粒油星子溅到手背。她尖叫着把锅铲往灶上一丢，哭丧着脸跑了出来。

房东太太厉声吼着为什么炒菜不开抽油烟机，尖着两根手指头捏着鼻子进去拧熄了火。

男友接连三天没回来吃饭，说公司有事。可是李渔知道，他们不过是家民营小公司，手头上业务并不多，从来没有加班这一说。

第四天，李渔踩着下班的点，打算去公司瞧瞧，没想刚下到一楼就跟男友撞了个满怀。他看她许久不似这般，拾掇得光鲜亮丽，疑窦顿生，问要去哪儿。李渔支支吾吾，说下楼转转，但脚底擦得锃亮的高跟鞋暴露了她的谎言，于是屁颠屁颠跟着男友又上了楼。

当晚，俩人撕破脸皮拌了嘴，双双饿着肚子睡了一夜。

李渔对找工作这件事愈发丧失斗志，她像条砧板上的鱼，被现实迎头痛击，扑腾了两下，发现乾坤并不那么容易扭转。

男友对她越来越不上心，回家扔下一句“吃过了”和十块钱，打发她随便叫个外卖。

某天睡到半夜，李渔怎么想怎么觉得蹊跷，轻手轻脚地从枕边拿走男友的手机进了卫生间。

她这几天都在留意男友摁密码时的手指动向，试了三次就解了锁。李渔把所有的社交软件、通话记录翻了个底朝天也没看出半点猫儿腻，兴许是自己想太多，蹑手蹑脚钻进被窝儿，终于睡了个安稳觉。

周末，大学同学约她去西单聚会。来北京这么长时间好不容易遇到老熟人，李渔终于找到些归属感。正好，男友有事也出去了，她不用费心解决自己的温饱问题。

大悦城顶层每家餐厅都在等位，人潮拥挤的烈烈势头，像是抢不付钱的白食。

同学见李渔停步在一家餐厅前，以为她看中了这家。没想到李渔一把夺过她的手疾步走开，拐到安全通道，从五楼奔到一楼。

两分钟前，她扒着橱窗踮起脚尖，一眼就看到坐得满满的大堂内，男友跟一个女人并排而坐，姿态亲昵地吃着饭，眼波流转、柔声曼语穿越重重空气，一拳接一拳，生生击打在心房。

那夜，李渔从背后紧紧抱住男友，搂得紧紧的，仿佛那就是全世界。

李渔终归在附近的补习学校找了个前台咨询的工作，朝九晚五。但她每天都六点起，准备好早点，等男友吃完出门，把屋里的卫生清扫一遍，才步行去公司。下午指针刚刚划到五点，她就拐去农贸市场买菜，一溜小跑往家赶，硬着头皮下厨房。

被子叠得齐刷刷的，床单抻得一条褶皱都没有，衣柜重新整理过，书桌上的灰也都不见了。

她去网上看了大量的情感专栏，诸如“如何俘获男人”“做一个嘴甜心狠的女人”，把要点细细写在随身的小本上，时刻温习。李渔小心翼翼地避开男友的雷区，温言细语，迎合着他的喜好，挑好听的话讲，拣他爱吃的菜做，连打嗝儿、放屁这类她从前肆意为之的窘态都全部收敛得好好的。

尽管一切看起来都尚显生疏，笨手笨脚，但李渔却比任何一刻都努力。她并不知道那个女人是谁，他们什么时候认识，在一起有多久，唯一明确的是，掂量起男友对她和那个人的重视程度，现在她处于劣势，随时都岌岌可危。这种让她汗毛直立的紧迫感，逼迫着她一点儿一点儿拾起一只备胎的自我修养。

备胎真是个奇妙的角色，不管过去多么傲岸、不可一世，都能收起所有的棱角、刺头，温顺得像只可以被随意抚摸的小动物。

父母和闺密偶尔打电话来问她过得如何，她搪塞着说都好都好，工作不累，爱情顺利，是最理想的样子。

然而事实却是，试用期结束，经理对她的表现并不满意，说暂时不需要招新人，结完少得可怜的试用期工资就将她请出了大门。

李渔再次成了无业游民。男友依旧说晚上加班，不回来吃饭。她寂然地下了碗面，忘了搁盐，也懒得去加，坐在屋里一口一口吃得涕泪涟涟。

有人敲门，是房东的声音，说进来检查空调。她边嚼着口中的面条边打开门，中年男人握住她手腕，一把搂过她，说：“小姑娘，知道你在北京不容易，你男朋友也不懂得疼你……”李渔本能地想喊叫，反倒被自己呛得不浅，全身还没使上劲儿，便已被按倒在床。

她亡命地用脚踢打着她能踢的部位，拿头猛撞对方的鼻梁骨，一股中年男人身上特有的老旧油味，让她胃里泛起一股酸水。

门锁突然响了，房东甩开她的胳膊，以最敏捷的方式消失在了空气中。万物复归平静，李渔喘着气，沉浸在噩梦的余韵中。

是房东太太回来了。她在床上滚了两圈，摸索到手机，想要找到熟悉的号码。才发现自从来了北京，他们不仅极少发短信，连电话也几乎不打。她把通话记录划了好几页，才看到那串数字。

李渔摁了拨出，又立马掐掉。她不知这样的事该如何启齿，他会真的在意吗？还是会觉得她被别的男人沾染，不再干净。

后果难料，这步棋还是不走为妙。

李渔不知道那个女人是否知道自己的存在，或许她也同时在暗中努力较劲，但她顾不得那么多，每日低声下气，伺候左右。她在心中排演了无数次，男友怀抱着背叛所有人、背叛全宇宙的勇气，来与她长相厮守的场景。二人悲喜交加，仿佛久别重逢。

备胎们自古擅长精神胜利法，认为只要坚守下去，心上人落单，自己便一定是他们替补名单上的第一位，不，是唯一的那一个。

可是，尽管李渔步步为营地推进着计划，男友这几个月以来的表现，似乎并没有什么改观。

夏之将至，李渔坐车经过学院路，看见大学校园里那些青涩阳光充满士气的面孔，跟去年的她一样，秉持着大无畏的英雄主义精神，要去大风大浪中搏一场，只怕身上没落下几道伤痕以证明自己年轻过。

她是多久没这么理直气壮了，梦想中的自由生活，不过是可以回家有碗热饭，累了可以不叠被子，衣服、袜子乱扔，薯片渣掉到被子上也没人指责而已。

她不知在哪一站下的车，到对街往回坐，目不转睛地盯着窗外的北京，定格了这个曾以为会是灿烂人生起点的地方。然后，用身上最后的钱买了车票，拿着所有的行李上了回家的列车。

走之前，李渔想，是不是应该知会男友一声，这样他会风急火燎赶来见她最后一面。

当然都是妄想。

拖着这一年逼仄的时光，终是回到了原点。李渔删掉了他所有的联系方式，像从来没认识过这个人。

这世间备胎众多,他们彼此重复着彼此的命运,也不断被别人重复。

李渔自我终结了备胎的使命，打了场响亮的败仗，从混乱中解脱出来。

五年后，她大概不会想到，那些沮丧的记忆，竟然可以像被推土机碾平一般，不留一点儿痕迹地飘散。

她终是找对了路，在顺风顺水的工作和存款数字的不断提升中重新找回了底气。

在咖啡厅里等合作人洽谈的空当，李渔打开朋友圈，发现清一水全是周杰伦跟昆凌结婚的消息。一整溜刷屏看下来，她觉得爱情依然那么美好，那么值得期待，像昆凌洁白婚纱后镂空的桃心，精致而妥帖。

而曾经，她是多么惊惶啊，惊惶地跌落到谷底，不知要从哪里爬上去。

现在,她站在一座小山的山顶,正在朝着更高的地方行走。在那儿，五环开外或是三环都不再重要，因为那早已不是她在意的问题了。

这世上就是有些人，为了给别人添堵而努力活着

小岩井

人性中的愚昧之处有三点：贪婪、虚荣心以及傲慢。

一件小事。

我大一那年的春节，全家某天去某亲戚家吃饭，席间有一个看起来很牛 × 的老头儿，大家都很尊敬的样子，原来是我们那个区（不是小区）的一个什么退休官员。席间一直指点江山状，恨不得大家听完都鼓掌的样子。

很不幸，我很不 care 他，压根儿就懒得听他吹牛 ×，想来他也看出来了。饭间我和我姐聊天，聊到什么东西我给忘了，总之我和我姐用了一些他老人家绝对不知道的英文单词，并且哈哈大笑。然后把他的话给遮盖了，他很不爽，指着我教训道：你们现在的年轻人就是

崇洋媚外，好好的中文单词不用，非要搞得像假洋鬼子一般用英文单词，想故意显得你很有文化是吧，我有个侄女在北外英语系，跟我们说话就从来没用过英文，人家底子在那儿，不会随便炫耀知道伐。Balabala，说了一堆屁话。

他大爷的，当时我和我姐脸就臭了，其他亲友也不好说什么，只能附和说多听听王老的意见有好处。好处个屁哦，这官僚主义拉出来的破烂玩意儿。过了一会儿我和我姐就一起出去了，我姐说工作了这么久还没被人这么训过，真郁闷大发了，我们说我们的关你屁事啊，非要来教训一下。

很久以后，我在家吃饭听我爸突然提起那个老头儿，说是退休前家里车水马龙，现在是门可罗雀，脾气那么臭真以为自己是总统啊。一脸不屑。看来我们家的人果然都一个脾气。

我当时就在想，为什么有些人总喜欢给别人添堵为乐呢？

又一件小事。

初二，一次，我去办公室找很熟的一年轻老师，我大大咧咧就闯进去了：喂，老朱，我跟你说……

还没说完突然一个主旋律的声音响起：站住！

啊哈？什么状况？

一个主旋律的方正脸从办公桌前竖起，哦，是我们的教导主任，四大名捕之一的方块。

“进老师办公室都不敲门，还直接喊老师名字，懂不懂礼貌？”

我愣了三秒，看着老朱为难的脸，于是鞠躬道（我从小就是个圆滑的人啊）：

“哦，老师我错了，我重来过……”于是我回头重新敲门，在听到他说进的时候小心翼翼进去，说完事情又鞠躬退回去。

出门我就骂娘了，有毛病啊这大叔，我又不是找你的！！

在初三那年中考前，我看见他被警车带走了……据说是因为嫖娼……成了我们校园的一大笑话。

道貌岸然你大爷哦，管好你自己的下半身再说吧。

还是一件小事。

最近迷上国产动漫《星游记》，说实话我知道很多方面并不是很出色，但我就是莫名被感动被燃上喜欢上了，所以就经常逛贴吧，可是令我奇怪的是，贴吧里面总有很多欠揍的人喜欢发一些挑衅性很强的帖子黑作品不说，还和大家对骂，一副正义凛然的样子。你们竟然会喜欢这么烂的国产作品，我光是看个预告片就知道是烂片了。

我这个人很不喜欢争吵，但我也很不明白，为什么这些人要跑到喜欢作品的人的贴吧里专门找碴儿，给大家添堵，然后享受被群殴的滋味？

这就好像一个不喜欢吃羊肉，喜欢吃牛排的人，非要跑到喜欢吃羊肉人的火锅聚会大骂，你们竟然喜欢吃羊肉，你们这帮没品位的，要吃就吃牛排，敢跟我战吗，羊肉我光闻到就受不了。

你说这不是找抽吗？

为什么这世上有些人活着，就是喜欢给人添无意义的堵呢？

生命有那么多有意义的事要做，为什么要浪费在无意义地给别人添堵上呢?

豆瓣上就不用说了，这样为给别人添堵而活着的纯粹的人越来越多，随便看部电影一上豆瓣又是一场激烈的辩论赛。

我看了一部电影觉得不错，你看了觉得不怎么样，这本来是正常的事，有人还觉得喝咖啡高雅，有人就是不喜欢喝咖啡，但觉得喝咖啡高雅的人非要觉得不喜欢喝咖啡的人不高雅，甚至低俗，这就很奇怪了?

但豆瓣上往往是不喜欢某部电影的觉得喜欢某部电影的人二，枪手，托儿，NC粉。然后显得自己卓尔不群，傲然独立。那你这么觉得就这么觉得吧，也没人拦着你，你觉得我二我品位低，你自己高雅文艺独特小众去好了，大丈夫莫大奶。

可他们不满足，他们要让那些跟他们精神有差距的人接受他们爱的洗礼，接受他们的批评和不满。

“什么? 是 ××× 导演的戏，一定是烂片，这种片都有人打五星，妈的又是无耻枪手，枪手死全家!”

“这种演员都有人喜欢，这么丑，中国没人了吗? ta 演的东西才不要看嘞？”

“光看个预告片就知道是烂片，靠，豆瓣怎么没有不想看或零分机制啊。”

……

大家都很熟悉了，我就不罗列了。

我再看到这些评论的时候，脑子里就老是蹦出那个跑到羊肉火锅聚会去骂羊肉难吃的精神病。

我心想，这是得多么傲娇病娇神经娇的人，才会因为不喜欢一样东西而去跟大家去争吵个你死我活啊？

啊，我不喜欢吃羊肉，我总得先吃过羊肉，吃完了我说，啊，不好吃，以后不吃了。可问题是豆瓣上总有人吃都没吃过就说不好吃，不好吃也就罢了，还要去跟觉得羊肉好吃的人争辩，你这不是给人添堵是什么，你活得那么纯粹而欠抽我真心佩服你那扭曲的三观。

我正常地想想，我看到一个不喜欢的东西最多皱下眉，绕道而行不就好了，这又不是什么原则性问题？

个人喜好应该是最私密、最主观、最应该被尊重的情绪了吧，你怎么可以因为别人的喜好跟你不一样而给别人添堵而努力着呢？更何况，你根本就不了解一件事物之前。

生活中有这样的偏执狂那简直可能变成变态杀人狂。

叔本华在《论傲慢》中说，人性中的愚昧之处有三点：贪婪、虚荣心以及傲慢。

虚荣心和傲慢看似异曲同工，但区别却在于傲慢是确信自己在某一特殊方面具有卓越的品质，而虚荣心则是致使他人确信自己的欲望，一般地说，想最终完全恢复这种自身确信的隐秘伴随着虚荣心。简而言之，就是没本事还装 × 。

傲慢在于内心，乃是直接的自我欣赏；虚荣心则是从外部欲求达到这种自我欣赏，就是要有人捧场或者砸场才开心……所以我们看到，虚荣心强的人能言善辩，狂妄自大，吹毛求疵，尖酸刻薄。

愚昧是愚昧者的薄外套，

虚伪是虚伪者的花衬衣，

偏见是偏见者的丑高帽，

智慧是智慧者的厚内衣。

我想，我开始明白有些人为什么为添堵而活着了。

有 一 些 感 情 你 不 会 了 解

姬霄

也许是在做一个美丽的梦。等到天亮，我会让他把梦作为交换，给他讲一个关于爱情和亲情的故事。

大成是我见过的最不会拒绝别人的人。

我认识他的时候他手里还有一家书店。那时我刚毕业，没事就去他那儿蹭书看，但无论待多久，他都不会介意，甚至没看完的书问他借，只要保证不弄脏，他都一概同意。

时间久了，我渐渐知道他其实不是书店的老板。书店是个女人开的，每逢周末她都会来书店找大成。她开着一辆白色的奔驰车，穿着打扮很阔气。

一开始我以为她是大成的女人，后来有次她带着小孩儿来，叫大成哥哥，我才知道她已经结婚了。大成只是她的情人。

大成年纪不大，虽然蓄着胡须，但撑死过不了三十。

他的长相是这家书店最值得称道的招牌，轮廓分明，目光如电，谈吐间自带着书卷气，引得许多学院派的年轻女孩儿慕名而来。

她们的要求千奇百怪，有想合影的，有索要拥抱的，还有打书店里那些小玩意儿主意的，甚至有想让大成假装叔叔参加家长会的，面对这些要求，大成也从不拒绝。

不懂拒绝的人有很多，因为囿于人情，碍于脸面，但前提是对方的要求没有触及你的底线。问你借八百一千不好意思拒绝，但问你借房子抵押试试，铁定一千八百个没门儿。

至于大成的底线，我至今没摸到过。

有次，一位顾客赖在书店蹭书到打烊还不肯走（不是我），大成困得不行，就跟他打了个招呼，然后自己上楼睡觉去了。

谁知半夜他忽然被人推醒，说楼下太冷，问他有没有被子。

大成迷迷糊糊地说没有，结果对方竟然扯过他的被子的另一头睡了下去。

第二天醒来，大成才知道那位顾客是外地人，钱包被偷无处可去，于是跑到书店借宿，临走前还问大成借钱，说是江湖救急。

在现代社会这种鬼话也有人信，那个人就是大成。

除了那个女人之外，大成的感情生活一片空白。

有次我忍不住好奇地问他："明明身边有大把资源，为什么会选择她？"

且不说她已经结婚，从年龄、相貌、才情上，这两人都难以相提并论。如果只是因为钱，那也太没种了。

大成听完我的话笑了："不是我选她，是她来找我，面对面告白那种，我实在不知道怎么拒绝，就答应了。"

我惊讶得舌头都打结了："你？你怎么可能没姑娘跟你表白？"

他说："有啊，但都是写张字条夹在书款里，或者画在书店的签到册上，只要不动声色，很容易就躲过去了。只有她约了我，郑重地说想要在一起。”

“所以你都不考虑对方是啥情况就答应了？”我的三观彻底被颠覆，激动地喊出来。

大成摇摇头：“一开始也觉得不自在，想反悔，但后来发现，她其实就想找个安慰，至今为止她也没要求我做过什么啊？”

我说：“你是说她每周看你，就只是看你？”

他狐疑地看着我：“不然咧？”

我呆住了。

这世上成天有人把生活当作选择题，前进后退左右为难，殊不知也有人甘当被选项，不主动，不索取，可单选，可多选。

有时我们也会聊聊爱情，大成说他有喜欢的女孩儿，他俩是在网上认识的，但她不肯告诉他自己在哪儿，只说在未来会来找他。

对此我不以为然，这种人恐怕不是长得丑就是性格阴暗，否则怎么会不敢见面，说不定她就是那群经常来书店“观光”的女学生之一。

大成也不反驳，说:“我答应了她，就会一直等下去，就算没结果，也不会因为当初没有等待而后悔啊。”他还拿金庸的小说举例，说:“如果杨过没熬过那十六年，怎么可能和小龙女重逢？”

我说：“你看武侠小说看傻了吧，杨过要是从没见过小龙女说不定早就跟郭芙结婚了，十六年，孩子都该上高中了。”

不久后我找到了工作,步入了忙碌之中,去书店的次数也越来越少。

有天大成给我打电话，问我要不要搬点书回去，不要钱。

已问才知道，他的书店要关张了。

我赶过去，他已经把书店盘给了一家开饭馆的河南人，书店里的几千本书装箱卖给了一个旧书贩。

见到我，他指了指角落的纸箱说：“我给你留了一箱。”

那天我算是知道书中自有黄金屋，高峰期打不到车，两个大男人搬一箱只有几十册的书，累得像狗一样。

饭桌上我问清楚了怎么回事。

原来女人的丈夫得知她有外遇，一直跟踪她到书店，本想着捉奸成双，结果冲进来却发现两人只是相对而坐，正在喝茶聊天。

女人说大成是书店雇的店长，男人自然不信，但又找不到证据，恼羞成怒之下责令将书店关掉，顺带解雇了大成。

我问他：“接下来打算怎么办？”

大成喝了挺多酒，从口袋里掏出一张印着都江堰的明信片口齿不利索地说：“乔、乔乔肯见我了。”

大成就这样走了，一去就是好几年。

那段时间我也陷入了热恋，每天为爱情的小事喜怒无常，根本无暇顾及其他。偶尔空闲时，我会想起大成，不知道他现在身在何处，有没有寻找到那个叫乔乔的女孩儿，还是又在哪个小城市开了一家新的书店。

直到几年后的一个清晨，一觉醒来铺天盖地都是汶川地震的消息，我忽然惊觉大成去的是都江堰，离震中只有一百多公里。

电视新闻里，那些伤亡人数令人心惊胆战，让人不由自主地觉得害怕。

那几天我疯狂地在网上发帖寻找他，还在他曾经的博客里留下了我的手机号码，让他看到一定要打给我。

一颗心悬了整整一个礼拜后，我终于接到了他打来的电话。

当电话那边传来大成熟悉的声音时，我感到了莫名的激动。

我说："狗日的你还活着！这些年你去哪里了！"

他的语气一如既往，不急不躁，说他在彭州，离汶川有段距离，很安全。

我问他："你找到乔乔了？"

他说："嗯。"

我说："儿子恐怕都生下了吧？"

他没回答我，只是笑。

我说："看来你是已经决定定居在那里了。"

他说："没有，明年，明年我一定回北京。"

再后来，有一次我看到他上传了一张结婚证的照片，我以为他就这样在那个遥远的小城市结婚了。这应该就是一个浪子的归宿了吧，我想，大成说的回北京，也许只是携家带口的一次观光旅游。

没想到的是，第二年夏天，大成真的回来了。

更令我和我的小伙伴惊呆的是，跟他站在一起的还有一个看上去不到二十岁的女孩儿，她竟然就是大成这些年口口声声提及的乔乔。

慢慢地，我开始从大成口中拼凑出他这些年的故事。

当年大成单枪匹马坐火车杀到都江堰，本打算上演一场浪漫的久别重逢，结果到了那儿他才惊讶地发现，接站的竟然是一个十四五岁的小女孩儿，她就是乔乔。

在火车上，大成也不是没想过暗黑版的相逢，可那些“见光死”、诈骗集团等幻想在此时此刻统统拜倒在眼前稚嫩的女孩儿脚下。

用他的话说，当时只觉得浑身发凉，怎么都没办法迈出脚步，并在很长一段时间内一想到自己曾没日没夜地跟一个小孩子示爱，就觉得自己禽兽不如，再也不会爱了。

乔乔的家庭条件不好，父亲患病卧床不起，母亲靠微薄的薪水养活这三口之家。对于大成的到来，他们并没有表现出过多的意外，原来乔乔早就对父母坦白过。

就这样，大成莫名其妙地成了这三口之家的“第四人”。

乔乔的妈妈在化妆品柜台工作，没时间接送乔乔上下学，这任务自然就落到了大成身上。每天送完乔乔上学，他就在学校附近的书店蹭书看，上下课的铃声响过八次，乔乔就会出现在书店，跟他一起回家。

有时候他也会想，自己为什么要在这种地方虚耗光阴，没有爱，没有梦，甚至没有一丝希望，只是按部就班地活着，简直跟牲口毫无区别。

但一想到要抛下乔乔，他又觉得于心不忍。

后来乔乔的父亲去世了，大成帮他们筹备葬礼，发讣告，守灵，再到最后出殡下葬。这时候的他已经完全没有离开的想法了，他在当地找了一份卖手机的工作，开始了一段漫长的陪读岁月。

一陪就是五年，从初中到高中，好在乔乔的成绩一直出众。

直到今年，她以全县第一的成绩考上了北京一所重点大学，他就跟着过来继续陪读。

听完这个故事，我的心情久久不能平静，不是为大成，而是为眼前的姑娘，肤白、貌美、水灵、单纯，整个一惊为天人，这大成完全是现代版的光源氏计划好不好！

大成在北京安顿了下来，我陪着他带乔乔去学校办手续、交学费、搬行李、选宿舍，看着他满头大汗地告诫乔乔“十个必须九个不准”时的神情，我忍不住觉得有些好笑，就好像他是个唠叨的父亲，而乔乔是他调皮的女儿一样。

然而他们的生活并不像所有人幻想的那样，大叔和萝莉幸福地生活在一起了。

乔乔的性格与她的长相南辕北辙，或许从小背负了太多家庭的希望，她的个性特别要强，读书时考试回回都要争第一，拿着县里发的奖学金来北京。生活中她也不例外，绝不肯轻易向人低头，唯一能让她俯首称臣的只有大成。

或许在旁人眼中，大成还是那个不懂拒绝的大男孩儿，但在乔乔面前，他顿时会变作另一个人，眼神、语气、动作都有板有限，两眼一瞪不怒自威，说起大人的道理来更是头头是道，杀得乔乔瞬间溃不成军。

当然，这样的结果也不是必然的。

据我的统计，他们之间的战绩胜负各半，这点数据也不能说明谁面子更大。

只能意味着，他们经常吵架。

一开始是在我家吵，在电话里吵，后来在学校吵，在大街上吵。

每次吵架时，大成的脸都是歪的，被乔乔给气的。但每次吵完，大成又会贱了吧唧地追过去给乔乔道歉。

有次乔乔看中了一件大衣，大成觉得贵没买，两人就在商场大吵了一架。

大成气得跑出半条街，我追过去，只见他在街头抚摸着胸口自言自语："嗨，跟孩子置什么气呢？"说完，他又转身往回走。

我忽然意识到，相处了这么多年，大成已经把乔乔当作了女儿般的存在。

乔乔开学后，大成也找到了新工作，每个月发了薪水，甭管自己过得多差，他都会第一时间给乔乔打生活费。

到了周末，他就坐地铁去学校把乔乔接回家，顺便带回一大堆换洗的衣服。

说是小别能胜新婚，但两人凑到一起还是各种吵。

一来二去总是伤心，渐渐地，乔乔回来的次数越来越少了。

有一天大成去学校看完乔乔后，回到家倒头就睡。

我当他太累了就没在意，自个儿在那儿听歌。

过了一会儿，他忽然从房间冲出来跟我说：“哥，你能不能别一直放情歌。”我一看，他已经哭得不成人形了。

他们分手了，是乔乔提出来的，甚至没有给大成挽回的机会。

我没问原因，因为并不需要原因。

这城市每天有成千上万对情侣分手，长的要几十年，短的只需一夜，当他们或者难过或者开心地走在街上时，原因并不是最重要的，结果才是。

分手后，大成每个月依然会第一时间给乔乔打生活费，仿佛乔乔真的是他的女儿。而对于那些钱，乔乔照收不误，周末还会发短信告诉大成自己的近况，仿佛大成真的是她的父亲。

这对于旁人而言显得不可理喻，然而我知道，他们如同唇和齿、皮和毛，形式上的分手远远不能将这层关系剥离殆尽。

乔乔有了新恋情，男方家境富裕，看她的微博，演唱会、话剧、画展、旅行样样不落。大成仿佛也习惯了默默在背后观察着乔乔的生活，不评论，不点赞。只有每次给乔乔打生活费的时候，他才会喃喃自语地骂：这婊子，越来越会花钱了；这婊子，看电影比我还勤；这婊子，有男朋友了也不说一声。

作为旁观者，我没办法说清楚他们之间的感情，是爱情，是亲情，或者只是多年生活造就的一种惯性？

离开乔乔之后，大成的心恢复了曾经的波澜不惊，早起早睡，朝七晚五。

但心境和现实不同，依然有许多小女生对他暗送秋波，甚至我的女同事也跑来问我要大成的电话号码。

有次公司聚餐，我经不起她们的撺掇，死拉硬拽带了大成去。

席间有个女孩儿对大成尤其殷勤，添茶夹菜无不抢先，加上众人的起哄，搞得大成面红耳赤。

最后在大家的撺掇下，女孩儿鼓起勇气说：“大成，请做我的男朋友吧。”

全场瞬间安静下来，大成愣住了，停顿了很久。

就在我以为他又要像从前那样因为不好意思拒绝而答应对方时，他忽然很有礼貌地说：“我有女朋友了，对不起。”

说完他竟然还向女孩儿鞠了一躬，简直太专业了。

那天大成喝了很多酒，喝到最后桌底下的酒瓶已经摆满连脚都没地方搁了，整个饭店里只剩下我们俩。

我说：“要不别喝了？

他说：“对不起，我有女朋友了。”

我说：“你醉了。”

他重复：“我有女朋友了。”

我说：“是是是，你有女朋友，咱先回家吧。’

他说：“我有什么女朋友，我女朋友跟狗跑了。”

我说：“对对，多骂两声就好了。”

他木然地望着我，半晌，他才幽幽地说：“其实我应该明白，这么多个日夜的分离，我们早已是换了人间，不在一个国度了。

“我看着她的表情，旁观她的生活，不知不觉间，已经站到了她交际圈的最边缘。记得第一次见到她的时候，她还那么小，小到让人想逃，我鼓足勇气把所有的爱变成养料，摸索着学会如何对她负责，但事到如今，仿佛时光倒转，却始终是学不会如何像男朋友那般爱一个人了。”

我愣住了，那一瞬间，大成变得苍老了许多。

最后，他扯起嗓子对着天空大喊：“韩成，你这个大呆子！”喊完这几个字，他忽然像武侠片里演的那样，仰天喷出一大口血来，然后昏死了过去。

我傻眼了，赶紧掏出手机打120，连背带扛地把他送进医院。值班的大夫一看，说是胃穿孔没跑儿，需要立即进行急诊手术。

在手术室门外等待的间隙，我想了想，又打电话给乔乔。

乔乔听我说完半天都不说话，我急了，对着手机大吼："大成都快挂了，你要有良心赶紧给老子来医院！"

乔乔说："现在已经没地铁了。"

我说："打的！

乔乔又说："我不认识路。"

我说："301医院。算了，你上车打给我，我跟司机说。"

最后乔乔说："宿舍大门锁了。"

我气得想揍人："陈乔乔你少废话，不想来就直说。我就没见过你这种货，要钱时把人当爹看，人躺进了手术室就他妈给我装路人。大成喝挂之前说得太对了，他就是个大呆子，不然怎么能喜欢上你这个白眼狼！”

我骂尽了这辈子学会的所有脏话，乔乔在电话那头一声不吭，静得连呼吸都听得见，过了几秒，挂了。

微博上说得一点儿没错，前任都他妈是极品!

大成做完手术已经是深夜两点，窗外万物静籁，整个城市沉浸在睡梦当中。

我正靠在椅子上打盹儿，忽然听到门外一声轻响。

我打开门，是乔乔。

没等我开口，她就直奔大成而去：“不是做完手术了吗？怎么还昏迷着？”

我说：“可能喝太多了，过会儿就差不多会醒了。”

她浑身是汗，睡裙上沾满了泥土，胳膊上还有新伤，显然是经历了不少困难才到这儿的。看着她，我忽然觉得很愧疚，原来她还是很在乎大成的。

我小声道歉："刚才电话里……对不起。"

乔乔没接话，一直盯着大成的脸，过了一会儿，她说："我知道你怎么看我，我欠大成太多了，但你想听我的故事吗？"

有故事听我自然不会放过，连忙点点头。

乔乔抚弄着大成的头发，轻声细语，开始了漫长的叙述："我十二岁就喜欢上了大成，但那时我太小了，所以跟他说未来一定会去找他，做他的女朋友。等了三年，结果还是没忍住，大成说要看我，我鬼使神差立刻答应了他，兴奋了三天才开始后悔，你不知道，当时我有多怕他一见面就把我当小孩子。

"直到大成答应在我家住下来，我才终于松了一口气。"

我静静听着，想象着乔乔那时的模样，不自觉地笑了起来。

乔乔接着说："再后来，我爸去世了。入葬那天大成握着我的手说，以后你想爸爸的时候，就把我当作你的爸爸吧。那天，我哭成了泪人。

“也就是从那一刻起，大成真的开始像爸爸一样照顾我，衣食起居事无巨细，比我妈还细心。我知道他想回北京，于是我在学习上尤其努力，最后终于考到了北京。

“到了这座城市，我才发现感情并没有那么简单。我们在一起生活了六年，从我十五岁到二十一岁，我每一刻的改变都被大成看在眼里，在他面前我永远是个无理取闹的孩子。在这份感情里，平衡早已经被打破，他扮演的早已不再是我的爱人，而是我的爸爸。

“人就是有贱根吧，就像每次争吵到最后，他都会像长辈一样宽恕我，别的女孩儿大概巴不得是这种结果，但每次我都会有种深深的亏欠感，我始终欠着他，这种感受在我的心里越积越重，拖得越久，我越没办法坦然面对他。

“你大概不会想象到明明是情侣却可以严令禁止对方喝酒熬夜吃个街边摊儿玩次冒险游戏吧，但这就是大成，明明是我的男朋友，却一定要像父亲一样管教着我。其实我多想跟他说：我已经长得足够大了，我不想你做我的爸爸啊。你能不能像最普通的男朋友那样，跟我一起受伤，一起大吵，一起无知地快乐着啊。”

乔乔说到这里已经满脸都是泪水了，我望着她微微颤抖的身躯，不知该说什么。

过了会儿，她终于平静下来，拿出一个厚厚的信封递给我：“这个你帮我交给他吧，以后，我再也不会欠他的了。”

我打开信封，里面装着厚厚的一沓钱，大概有几万块。

我惊讶道：“你都没有工作，这些钱是哪来的？你那个男朋友给的？”

乔乔笑了：“狗屁男朋友，那只是我同学，我求他帮忙做挡箭牌而已。这两年，我一边偷偷做兼职，一边拿全勤奖学金，为了不让大成担心，他打给我的生活费，我全都照收不误。二十八个月，三万两千块，全在这儿了。”

我说：“你为什么不等他醒来亲手交给他？”

她摇摇头，望着病床上兀自呢喃的大成说：“有一些感情你不会了解，但下次见面的时候，我想，我们可以像平常人那样喝杯酒，聊聊天了。”

我顺着她的目光望去，灯光下，大成睡得很香，也许是在做一个美丽的梦。等到天亮，我会让他把梦作为交换，给他讲一个关于爱情和亲情的故事。

成长的道路上，不要让“朋友”牵绊了脚步

陈亚豪

最好的友情，不是陪伴，而是你有足够的能力，在他们需要你的时候给他们最大的帮助和支持。

一个很好的哥们儿D，大一大二时每天过着日夜颠倒的生活，早上一睁眼就开始和宿舍的人宅在一起玩游戏，不上课、不参加任何学校活动，没有追求也不知梦想，只是一味地享受挥霍青春的乐趣。人就是这样，当身边的人都在享受堕落时，你就会得到一种奇妙的堕落安慰心理。可D其实早就和我倾诉过这种生活的空虚，只是一直无法抽身而出。人都害怕寂寞，害怕没有归属感，即便鼓起勇气，想踏出人群走出一条自己的路时，旁人的一句“你怎么这么不合群”便斗志全无，只好继续妥协，麻痹自己。

到了大三，D面对自己前两年苍白空洞的人生，陷入了无尽的悔恨中。从此，毅然决然地每天六点起床去图书馆奋斗，不再参与之前

的任何娱乐活动。起初身边的那些朋友都在开他的玩笑，觉得他就是两天新鲜，没想到他一直坚持了一个学期。可接踵而至的，便是那些朋友开始疏远他，与他拉开距离，并且在背后讨论“他变了，他现在很不合群”的话题，他再次陷入了迷茫中。他只是在为自己的未来奋斗，只是努力地想要获得一个丰满的人生，可没想到却受到朋友的孤立。他开始犹豫不决，一颗心摇摆不定，想要努力奋斗可又不想失去朋友，这些迷茫动摇了他的决心，再一次影响了他前进的速度。

听过一个学长的故事，这个学长曾在国内一流大学上学，特立独行。大二时发现了一个商机，扔下所有课程。开始一个人在社会上积攒人脉寻找合作者，一年后赚入一笔资金，敏锐的眼光和过人的魄力让他获得了同龄人羡慕嫉妒恨的成功。木秀于林，风必摧之，他开始受到一些朋友的排挤，并且到处散布他不好的谣言，老师和同学都认为他不务正业，不分轻重。他最后无法忍受这样的生活，即便获得再大的成就回到校园里，得到的不是认可，而是鄙夷和否定，他没有顶住压力，退出了生意，回到了校园。重新开始了和其他同学一样每日上着对自己其实根本没有意义的课程，偶尔和朋友一起挥霍下青春的校园生活，眼看着自己一步步从优秀回到平庸。

社会就是这样，唯有中庸才能获得一个较为平衡的生活，可是成功和才华从来不会眷顾中庸之人，是一辈子碌碌无为活在人群之中，还是忍住孤独顶住质疑，走出一条自己想要的人生，你要为你的人生道路做出选择。

你以为你不扫朋友的兴，努力和大家打成一片，可其实这是荒废自己的年华，浪费自己的青春。现实是，当毕业多年后曾经的同学再相聚到一起，有人考上研究生，有人进了知名企业，有人创业成功，有人每月拿着微薄的工资混日子，有人过着得过且过的生活，有人至今还未确定未来的道路，有人在不停地抱怨生活的不公，有人在豪情地讲述着自己人生的精彩。

你要做哪一个？

人生最痛苦的就是后悔当年不曾为了梦想而勇敢地闯荡，最遗憾的便是不曾为了未来注满热血，放手一搏。最需要的就是一个人过一段沉默而执拗日子，沉浸在自己孤独而充满力量的奋斗和努力中。

大学前两年时，自己总是真心对待每一个朋友，在意每一个人的感受，一边努力加快成长的脚步，一边又怕因为自己只顾着向前奔跑忽略了他们。很多时候明明自己已经累得筋疲力尽，还是对每个朋友有求必应，明明自己心里憋着很多苦衷无处诉说，还是去尽力安慰每一个前来倾诉的人，只是不想让他们感到被冷落，彼此产生距离。总是努力地维护好每一个朋友，尽力珍惜每段友谊，可自己却活得越来越累，身心疲惫。

看过一篇有关心理学的文章，文章里说如果一个人过于在意朋友的感受，对任何人都有求必应，慷慨相助，哪怕自己受苦受累受伤害也不会对别人说“不”，这种对他人太过无私的性格，其实是一种病态，而这种无私和善良的迎合态度最后伤到的是自己。

在意每一个朋友的感受，注定自己不好受。总是无私的背后通常是内心的痛苦、空虚、矛盾、强烈的迷茫和焦虑，当给予与迎合成为活着的理由时，那人就不再是人了。

过分取悦他人是一种泛滥的善良，更要付出最后由自己一人来承担的高昂代价。而如果一个人太过顺从，不能为自己挺身而出，没有自己的声音，那最后只会受人欺负。

如果一个人总是处于一个逆来顺受和付出的角色，有一天只是因为自己的疲惫实在无法承受而拒绝一次，那么这个人就会一下在别人眼中变成了自私冷漠之人，别人更会指责他“你变了，现在的你怎么成了这样”，这就是人类的惯性思维。电影中那些作恶多端、冷血自私之人在最后做了一件帮助他人的事情或奉献一次自己时，大家便会被深深感动，不禁感叹：“原来他是个好人，原来我们都误解他了。”

当大家心中的老好人太苦太累，最残酷的是他会渐渐被大家忽略自己的感受，他逐渐在别人眼中成为一个没有烦恼和痛苦的无敌金刚，而心里的苦衷只能自己往肚里咽。

总是顾及每一个人的感受，就会逐渐活在对拒绝和失去的恐惧中。时常自我责备却又无力抉择，并且对周围的人患得患失，对人际关系缺少安全感，害怕有一天被孤立，充满自卑和无力感，逐渐失去自我。

这些人明明是你的朋友，可你却因为他们在成长的道路上受到了牵绊和束缚。

朋友，是自己选的亲人。真正的朋友无论在你落魄还是荣耀时都会一如既往地支持你，无论你做出怎样的抉择都会鼓励你、相信你，你一句话不说他也会明白你心中的苦闷与快乐。你的苦衷在他面前从来不需诉说，他会在你看不到的地方悄悄帮助你，默默支持你。无论曾经的你是什么样，未来的你是什么样，在他眼里你从来都还是那个最简单的你。

而那些只会在你身上一味索取的人，总是要求你如何的人，远远称不上朋友二字。真正爱你的人，会用你所需要的方式去爱你。不爱你的人，只会用他所需要的方式去爱你。

那些总是说“你变了”的人，只是因为你没有再按照他们所给你设定的轨迹生活而已。真正的朋友永远是无论嘴上如何骂你，可在心里始终包容你的缺点，理解你的苦衷，希望你过得好的那个人。不需要每日的酒肉陪伴，不需要那么多的问候和寒暄；需要他时，一个电话，就会走到你面前陪你披荆斩棘。记住那些一直陪伴着你，懂你的人；忘记那些说你变了，远离你的人。

成长的道路上不要让“朋友”牵绊了脚步，而那些牵绊你的人也算不上真正的朋友，不要也罢。

只有你变得足够强大，才可以保护好你爱的人。这个社会太多险恶和残酷，不走出温暖的校园是不会感受到的。爱一个人不是每日的甜言蜜语和酒肉陪伴，而是自己的发愤图强。你是想多年后看到他们受到伤害时，只能坐在她身边陪她流泪，还是想要自己有足够的能力给他们欢笑和保护。

最好的友情，不是陪伴，而是你有足够的能力在他们需要你的时候给他们最大的帮助和支持。

只有懦弱的人才离不开群居的生活，而活在人群之中只会逐渐被同化，磨灭你的斗志，扰乱你的思绪，放慢你的脚步，打碎你的梦想。

一个人的成就、坚强、睿智、冷静、气度，都是和他所忍受过的孤独成正比的。岁月会强有力地证实这句话。

我们之所以会感到困惑和痛苦，之所以会如此在意身边的朋友，根源都是我们的善良，自私自利之人是永远不会有这些共鸣的，但是如果因为善良而伤害自己，连自己都不懂得爱护，那又何为善良。

要回应别人的需求，要尽力去帮助周围的人，但前提是不能为此违背自身意愿。人要学会爱别人，但首先要学会爱自己。

你所有的焦虑，对自己所有的不满意和迷茫，都是因为你和梦想的距离越来越远，和理想中的自己差得越来越多，能改变这一切的只有你自己，谁也帮不了你。你要清楚，成长的路上注定是孤独的，变强的路上注定是沉默的。成长容不得你的等待，更没时间让你踌躇。

去努力地为自己的未来向前奔跑吧，人生就是这样一条充满残酷和矛盾的旅途，我们谁也无法逃避。那些真正爱你的人终会理解你，而那些不爱你的人也自会在这条旅途上被甩下，不用回头，也不用叹息，就当是一个自然筛选的过程。人生知己二三便足矣，在意的人太多反而会丢了那些真正爱你的人，还会丢了自己。